हथेली भर कहानियाँ

हथेली भर कहानियाँ

कावाबाता यासुनारी

चयन और संपादन

उनीता सच्चिदानन्द

राजकमल प्रकाशन

मूल कृति : ते नो हिरा नो शोसेत्सु, कावाबाता यासुनारी, शिन्चोबुन्को, 1989

ISBN : 978-81-267-0618-1

मूल्य : ₹395

पहला संस्करण : 2002
पहली आवृत्ति : 2023
This book is printed on Print on Demand Technology : 2025

प्रकाशक : राजकमल प्रकाशन प्रा.लि.
1-बी, नेताजी सुभाष मार्ग, दरियागंज
नई दिल्ली-110 002
शाखाएँ : अशोक राजपथ, साइंस कॉलेज के सामने, पटना-800 006
पहली मंजिल, दरबारी बिल्डिंग, महात्मा गांधी मार्ग, प्रयागराज-211 001
1, अनमोल सोराबजी संतुक लेन, धोबी तलाव, मरीन लाइंस, मुम्बई-400 002
वेबसाइट : www.rajkamalprakashan.com
ई-मेल : info@rajkamalprakashan.com

HATHELI BHAR KAHANIYAN
Selected & Edited by Unita Sachidanand

दो शब्द

आधुनिक जापानी साहित्य के प्रखरतम विभूति यासुनारी कावाबाता की लघु कहानियों के प्रस्तुत संग्रह का अनुवाद दिल्ली विश्वविद्यालय के जापानी भाषा व साहित्य के स्नातकोत्तर विद्यार्थियों के अथक परिश्रम का फल है। कावाबाता जैसे बुलंद व्यक्तित्व की हथेली-भर कहानियों जैसी सघन रचनाओं के हिन्दी अनुवाद का प्रस्ताव जब मैंने विद्यार्थियों के समक्ष कोई चार साल पूर्व रखा तब मुझे इसके सफल कार्यान्वियन के प्रति पूरा विश्वास नहीं था। लेकिन जितनी तत्परता से इन नन्हे हाथों ने इस कार्य को अंजाम दिया, वह काबिल-ए-तारीफ़ है। चार साल पूर्व यह कार्य मात्र दो विद्यार्थियों से शुरू हुआ। साहित्य का अनुवाद जापानी भाषा व साहित्य के स्नातकोत्तर पाठ्यक्रम का एक अनिवार्य घटक है। 'अनुवाद का सिद्धांत और व्यवहार' नामक विषय के अनुवाद की रूपरेखा कक्षा के दौरान तैयार हुई।

मैंने विद्यार्थियों को लोक-कथाओं से लेकर विभिन्न काल की जापानी रचनाओं के अनुवाद से सम्बन्धित मुश्किलों के समाधान तथा अभ्यास के खयाल से उन्हें तरह-तरह की रचनाओं का अनुवाद या रूपांतरण करने का नियत कार्य सौंपा। लक्ष्य भाषा के लिए हमने अंग्रेजी के अलावा अन्य मातृभाषाओं को भी चुना क्योंकि विद्यार्थियों का ताल्लुक देश के विभिन्न भाषायी क्षेत्रों से था। हालाँकि 'अनुवाद का सिद्धांत और व्यवहार' एक सेमेस्टर का ही विषय पत्र है, फिर भी इन विद्यार्थियों ने मुझसे किया अपना वादा कभी नहीं भुलाया। यहाँ तक कि विगत चार वर्षों में कई बैच स्नातकोत्तर की पढ़ाई सफलतापूर्वक पूरी कर चुके हैं, लेकिन उनके धैर्य और लगन ने न सिर्फ मेरा हौसला बढ़ाया बल्कि मुझे अपने इस सपने को साकार बनाने में काफी सहयोग दिया।

किसी ने कहा भी है कि सफलता का रंग बड़ा चोखा होता है। दूसरे वर्ष की स्नातकोत्तर दो छात्राओं, ऋतु और समता, ने अनुवाद की दिशा में पहला कदम उठाया था। उन दिनों आधुनिक जापानी साहित्य सर्वेक्षण नामक पाठ्यक्रम की कक्षा में कावाबाता के साहित्य पर चर्चा हो रही थी। विचार हुआ कि

'हथेली-भर कहानियाँ' चूँकि छोटी हैं, क्यों न इनसे ही श्रीगणेश हो! ऋतु और समता ने, जिनका सम्बन्ध हिन्दी से 10वीं की पढ़ाई के बाद लगभग छूट-सा गया था, न जाने कितने ड्राफ्ट्स लिखे होंगे लेकिन हर नई कोशिश सफलता की एक नई सीढ़ी बनती गई। नतीजा था 'पतझड़ की बारिश' का लोर्का के जापानी साहित्य विशेषांक में सन् 2000 में प्रकाशन। फिर क्या था! विद्यार्थियों में जैसे होड़-सी लग गई। अहिन्दीभाषी भी कूद पड़े हमारी इस मुहिम में और अपनी ही बोल-चाल की भाषा में उन्होंने अनुवाद का काम शुरू कर दिया। इस संग्रह के प्रकाशन की नींव अनजाने में पड़ चुकी थी।

'हथेली-भर कहानियाँ' छोटी ही सही, लेकिन वैचारिक, भावनात्मक और कल्पना की दृष्टि से सघन हैं, फिर नवस्नातकों के लिए, जिनका जापानी साहित्य और संस्कृति से अभी पल-भर पहले ही साक्षात्कार हुआ हो, सप्रसंग अनुवाद कर पाना अगर असंभव नहीं तो जटिल अवश्य था। इसको ध्यान में रखते हुए हमने कक्षा में कहानियों को कई बार पढ़ा, बहसें कीं और कक्षा में ही कई स्थितियों का मंचन भी किया गया। एक लम्बी कोशिश का परिणाम हैं ये पंद्रह अनूदित कहानियाँ, जिनमें इन छात्रों का परिश्रम है, उत्साह है, सपने हैं और सबसे महत्त्वपूर्ण जो बात है, वह है एकसाथ जुटकर काम करने की भावना, जिसे उन्होंने तहेदिल से भारत-जापान मैत्री को समर्पित किया है। कई विद्यार्थी जो इस संग्रह में किसी कारणवश शामिल नहीं हो पाए किन्तु कक्षा में हुई बहसों के दौरान उनके सुझाव महत्त्वपूर्ण योगदान के रूप में रहे। इस संदर्भ में हम अजय, उमा, गोल्पो, गुलशन और प्रसन्ना को सहृदय धन्यवाद देना चाहेंगे। आशा है, पाठकों को कावाबाता की ये पन्द्रह कहानियाँ पसंद आएँगी। हालाँकि अनुवाद स्तरीय है, फिर भी इनमें व्याप्त त्रुटियों के लिए सिर्फ मैं जिम्मेदार हूँ।

सर्वप्रथम मैं भारत में जापान के राजदूत श्री हिरोशी हीराबायाशी के प्रति अपना आभार प्रकट करना चाहती हूँ जिन्होंने इस कार्य के लिए मुझे प्रोत्साहित किया। जापान की संस्कृति व सूचना केन्द्र के निदेशक श्री मिनेमुरा, राजदूत के विशिष्ट अधिकारी कु. हिरोमी सातो और श्री शिनसुके जो स्वयं बखूबी हिन्दी भाषा और साहित्य की अच्छी जानकारी रखते हैं; जापान फाउण्डेशन के निदेशक श्री फुकाज़ावा एवं उपनिदेशक कोजी सातो का मैं धन्यवाद करना चाहूँगी जिनका सहयोग मुझे लगातार मिलता रहा।

राजकमल प्रकाशन के श्री उपेन्द्र झा, श्री चेतन क्रान्ति, श्री नरेश कुमार शर्मा, श्री तपस सरकार, आकांक्षा कम्प्यूटर के श्री नारायण एवं जवाहरलाल नेहरू विश्वविद्यालय के पूर्व एशियाई अध्ययन केन्द्र के शोधछात्र श्री संदीप कु. मिश्र से मिला योगदान अविस्मरणीय है। लेकिन इस यात्रा में राजकमल प्रकाशन के निदेशक श्री अशोक महेश्वरी का एक अभूतपूर्व योगदान है जिसकी वजह से मेरी मेहनत सफल हो पाई है। —**उनीता सच्चिदानन्द**

FOREWORD

Inquisitiveness has always been a basic human trait, with mankind constantly seeking to learn more and more about other civilizations and cultures. Each nation has its own unique culture and way of living, about which people in other countries are always curious to know. Literature is the medium that provides a window to other societies, by helping us to understand their thoughts and aspirations. But, sometimes difference in language acts as a barrier in this task. It is here that the significance of literary translations comes to the fore. Literary translations have performed an important role of promoting global cultural interaction since times immemorial, and will continue to do so in the future as well.

The year 2002 make the 50th anniversary of diplomatic relations between Japan and India, which were established in April 1952. These fifty years have seen our relationship grow into a multi-dimensional one, covering a diverse range of areas such as political, economic, defence, art and culture, etc. Today, the ties between Japan and India are deeper and larger than ever before, based on mutual understanding and respect for each other. While the past fifty years have been positive and productive, we would like the next fifty years to be more so, and look forward to fruitful and close relations between our two peoples in the coming decades.

Dr. Unita Sachidanand has played a significant role in the promotion of mutual understanding between the people of our two countries. Having dedicated herself to the cause of strengthening the ties between our two countries through mutual appreciation of literature, she has once again undertaken the commendable initiative of introducing Japanese literature to Indian readers in Hindi. In 1998, she has brought out three volumes of translated Japanese literature. This time, she brings out a set of twelve tiles to commemorate the Golden Jubilee of Japan-India Diplomatic Relations. These books cover a wide variety of Japanese literary genre — from folk tales to modern fantasies, satire, children's stories, and mainstream literature written by some of the finest Japanese writers of all times. She also records two narratives presented by the *katari*, be the tradition Japanese storytellers.

Her selection is truly impressive and covers a wide spectrum of Japanese literature. In her collection, she has picked up representative stores from different periods in such a manner that they take the reader through a comprehensive literary journey of Japan. The first book contains some of the everlasting folk tales representing legends, myths and beliefs of Japan. These have been retold by the author in an absorbing style that would be liked by readers of all ages. The next three books carry an assortment of children's sotries specially written by some of the greatest literary craftsmen of Japan, such as Niimi Nankichi, Hamada Hirosuke, Shimazaki Toson, Mushanokoji Saneastsu, Tsubota Joji and Matsutani Miyoko. Though most of these authors belong to the mainstream of Japanese literature, the present selection includes those stores that these great writers have crafted specially for children. Japanese children virtually grow up with these stories, as some of these also find a place in most school textbooks in Japan.

I am particularly touched by the six stories by one of the contemporary Japanese authors, Oka Shuzo, profiling the life of the mentally and physically challenged persons. The compassion presented in these stories is a befitting tribute to the cause of such differently gifted persons. This book has received several awards such as the Akai Tori Award, Niimi Nankichi Award and Tsubota Joji Award, and has also been produced as a motion picture. This book is being brought out by Dr. Sachidanand in collaboration with Ms. Yoshiko Okaguchi of Japan, highlighting the need for such collaborative initiatives in this Golden Jubilee Year of Japan-India Friendship.

The collections included in two of the twelve titles have been largely devoted to fantasies created by Ogawa Mimei, Miyazawa Kenji and Awa Naoko. Four of the titles represent mainstream Japanese literature immaculately selected from the writings of influential authors such as Shiga Naoya, Akutagawa Ryunosuke, Arishima Takeo, Sata Ineko, Abe Kobo, Hayashi Fumiko, Matsutani Miyoko and last but not the least, an interesting collection of what is often referred to as the 'palm-sized stories' of Kawabata Yasunari, the first Japanese Noble laureate in literature. This volume of Kawabata's short stories has been translated by the students of Japanese literature in the University of Delhi, where Dr. Sachidanand teaches. I find it truly heart-warming that the translators and the editor have dedicated these stories to the long life of Japan-India Friendship in the true spirit and character of the 'palm-sized stories'. I congratulate the young scholars of Japanese language and literature for their commendable gesture.

In order to help the Indian readers appreciate the collection presented in these multi-volume anthologies of Japanese literature, Dr. Sachidanand aptly adds the twelfth one, which presents a lucid and comprehensive history of modern Japanese literature and its notable contributors. It is praiseworthy to note that the author traverses the entire gamut of Japanese literature from the Meiji period onwards, covering the contemporary trends in Japanese literature as well. She devotes a separate chapter highlighting the contribution of women authors in Japan.

I have great appreciation and admiration for all the efforts taken by Dr. Unita Sachidanand in preparation of these books, and would like to congratulate her and the publisher, Rajkamal Prakashan, for accomplishing such a magnificent task in this Golden Jubilee Year of Japan-India Diplomatic Relationship. I wish the author and the publisher an outstanding success in their current as well as future endeavours.

Hiroshi Hirabayashi
Ambassador of Japan to India

क्रम

यासुनारी कावाबाता

(1899-1972)

जापान के लिए पहली बार साहित्य के क्षेत्र में अपनी उपलब्धियों के लिए नोबेल पुरस्कार से सम्मानित यासुनारी कावाबाता का जन्म सन् 1899 में जापान के ओसाका शहर में हुआ। जन्म के दो वर्ष के भीतर ही इनके माता-पिता का स्वर्गवास हो गया। कुछ समय बाद दादी और बहन भी चल बसीं। जब ये चौदह वर्ष के थे तो दादाजी का भी स्वर्गवास हो गया। इसीलिए कावाबाता अपने-आपको 'बिना घर-परिवार' का भी कहा करते थे। 1917 में उच्च शिक्षा के लिए ओसाका छोड़ आप तोक्यो आ गए। छोटी उम्र से ही कावाबाता एक चित्रकार बनने की तमन्ना रखते थे, लेकिन धीरे-धीरे आपकी रूचि साहित्य के प्रति बढ़ती गई। शायद इसीलिए आपकी कहानियों और उपन्यासों में अक्सर आपके अन्दर का छिपा चित्रकार बार-बार उभर आता है। तोक्यो इम्पीरियल विश्वविद्यालय में अध्ययन के दौरान ही अपनी लघु कहानियों के माध्यम से जापानी साहित्य की दुनिया में आप अपना परिचय दे चुके थे। आप मनुष्य, समाज एवं प्रकृति के सद्भावपूर्ण सम्बन्ध की जापानी साहित्यिक परंपरा के आधुनिक प्रवर्तक माने जाते हैं। 1968 में जब आपको नोबेल पुरस्कार से नवाजा गया तो आपने कहा: 'बर्फ़, चंद्रमा, मंजरी-शब्द, जो बदलते मौसम की अभिव्यक्ति हैं, जापानी परंपरा में पहाड़, नदियों एवं फूल-पत्तियों के सौंदर्य के साथ-साथ मनुष्य की असंख्य संवेदनाओं के भी द्योतक हैं।' आपकी अनगिनत रचनाएँ जहाँ प्रकृति के विशुद्ध सौंदर्य का दर्शन कराती हैं, वहीं मानवीय सम्बन्धों, प्रवृतियों और भावनाओं से पाठकों का परिचय भी।

कावाबाता की अधिकतर रचनाओं में प्रकृति के विशुद्ध आलोक की तलाश लगातार देखने को मिलती है और इस दिशा में इनकी कोशिश प्राय: स्त्री पात्र के रूप में भावनाओं के नए आयाम स्थापित करती है।

सन् 1918 की शरद में आप पहली बार इजू प्रांत की यात्रा को निकले। वहाँ

एक नाटक मंडली के सम्पर्क में आए। इस नाटक मंडली से आप इतने प्रभावित हुए कि लगातार दस साल तक इजू युगेशिमा जाते रहे। 1926 में आपका पहला उपन्यास 'इजु नर्तकी' (इजु नो ओदोरिको) प्रकाशित हुआ, जो इजू यात्रा के अनुभवों पर ही आधारित है।

आपकी प्रमुख रचनांओं में 'युकी गुनी' (बर्फ का देश, 1937), 'यामा नो ओतो' (पर्वत की आवाज, 1954), 'नेमुरेरू बिजो' (सोती सुंदरियाँ, 1969) एवं 'सेन बा जुरू' (हजार सारस, 1952) हैं।

शोवा काल (1926-89) के अग्रणी साहित्यकार कावाबाता के उपन्यास, छोटी-बड़ी कहानियों और निबंधों को जहाँ समकालीन जापान के हर वर्ग ने पढ़ा और सराहा, वहीं आपकी सैकड़ों अति-लघु 'हथेली-भर' कहानियों ने पाठकों की कल्पना को बार-बार झकझोरा।

आपकी 'हथेली-भर कहानियाँ' की सरलता या आकार न तो किसी उपन्यास का अवशेष है और न ही विषय-वस्तु और चिंतन के स्तर पर कमजोर, वरन् इनमें मानवीय मूल्यों और अनुभूतियों का प्रखर प्रवाह है जिनका गहरा सम्बन्ध मनुष्य की सामान्य प्रवृतियों और संवेदनाओं से है। अगर कहा जाए कि आपकी इन कहानियों में जीवन का मर्म है जिसके बहुमुखी स्वरूप को एक साथ एक ही कैनवस पर उतार आपने गागर में सागर उँड़ेल दिया है तो गलत नहीं होगा। प्रत्यक्ष रूप से इन कहानियों का कोई प्लॉट नहीं, शुरू या अंत नहीं, बस जीवन की सामान्य अनुभूतियों का एक अविरल प्रवाह है जिनमें न तो कभी तेजी आती है और न ही ये कभी थमती है, बस चलती ही चली जाती है, हर रुकावटों को लाँघती जिन्दगी की तरह। कावाबाता जैसा दक्ष साहित्य-शिल्पी की ही बदौलत यह संभव हो पाता है, जहाँ रचना के लिए किसी विशिष्ट या अनोखी घटना का बीज स्रोत होना आवश्यक नहीं रहता। 'हथेली-भर कहानियाँ' में जीवन के प्रति आस्था है, उसकी गरिमा के प्रति सम्मान है, जहाँ स्वाभाविक मानुषिक प्रवृतियाँ निष्क्रिय रूप से सामाजिक क्रिया-कलापों के संपादन में व्यस्त हैं-जहाँ ममता है, भक्ति है, त्याग है, प्रेम है, द्वेष है, क्रोध है, लेकिन नायक या खलनायक नहीं। जिन्दगी और मौत के बीच वह हर सम्भव संघर्ष की तरफ संकेत तो करता है लेकिन उसकी अभिव्यक्ति पाठक स्वयं अपने नजरिए से करे, यही कावाबाता की इन अनोखी रचनाओं की खासियत है। जिन सामान्य भावनाओं को मनुष्य व्यक्त तो करता है लेकिन कभी उन्हें महत्व नहीं देता। ऐसी ही अनुभूतियों के फूल कावाबाता ने इन 'हथेली-भर कहानियाँ' में पिरोये हैं जिनकी भीनी-भीनी खुशबू हवा में सदा संचरित रहती है।

कावाबाता की साहित्यिक संवेदनाओं के स्वर ज़्यादातर लघु-कहानियों के माध्यम से ही प्रस्फुटित हुए हैं। उनके उपन्यास भी ऐसी कई कहानियों से ही उपजे हैं। आलोचकों का तो मानना है कि कावाबाता की लघु कहानियाँ जापानी 'हाइकु' और 'तान्का' की तरह ही छोटी लेकिन ठोस, सशक्त और काव्यात्मक रचनाएँ हैं।—**उनीता सच्चिदानन्द**

पतझड़ की बारिश

मुझे अपनी कल्पना में, पतझड़ में, गहरे लाल रंग की पत्तियों से ढके पहाड़ों पर आग गिरती दिखाई दे रही थी। ये पहाड़ काफी ऊँचे और एक-दूसरे के इतने करीब थे कि इसे एक सँकरी घाटी कहना ज़्यादा ठीक रहेगा। इस घाटी से होकर एक नदी बह रही थी। इन ऊँचे पहाड़ों के कारण बिना पूरी तरह सिर उठाए आसमान को देख पाना प्रायः असंभव था। हालाँकि आसमान अभी नीला था परंतु रात अपने आगमन का संकेत भी दे रही थी। नदी के सफेद पत्थर भी आसमान की आभा लिए हुए थे।

मुझे चारों तरफ से घेरे पतझड़ से ढके पहाड़ और यहाँ का शांत वातावरण क्या शाम के जल्दी हो जाने का संकेत दे रहे थे? पानी का रंग गाढ़ा नीला था जिसमें मुझे पतझड़ की परछाईं नहीं दिखाई दे रही थी। मगर जब मैंने गौर से देखा तो हैरत में पड़ गया क्योंकि पानी में आग गिरती हुई नज़र आई।

वास्तव में न तो आग की बारिश हो रही थी और न आग के गोले ही बरस रहे थे, बल्कि पानी के ऊपर सिर्फ़ छोटे-छोटे प्रकाश-पुंज चमक रहे थे। लेकिन ऐसा भी नहीं था कि आग गिर ही नहीं रही थी, एक-एक करके नीले रंग के पानी में वह गिरती और गिरते ही लुप्त हो जाती, और जो पहाड़ पर गिरती थी, पतझड़ से ढके होने की वजह से दिख नहीं पा रही थी। जब सिर उठाकर मैंने ऊपर देखा, तो ऐसा लग रहा था, मानो आसमान जल्दी-जल्दी आग बरसाए जा रहा हो! उसकी वजह से कभी-कभी तो ऐसा लगता था, जैसे आसमान एक नदी हो और पहाड़ की चोटियाँ उसके दो किनारे! यह सब मेरी कल्पना थी, जो मैंने रात को क्योतो जाते समय एक्सप्रेस रेलगाड़ी में हलकी झपकी लेते हुए की थी।

मुझे याद है, पंद्रह-सोलह साल पहले जब मैं मूत्राशय की पथरी के ऑपरेशन के लिए अस्पताल में भर्ती हुआ था, तब मेरी मुलाकात दो बच्चियों से हुई थी। उन्हीं में से एक से मिलने के लिए आज मैं क्योतो जा रहा हूँ। उन दोनों बच्चियों में से एक बच्ची पित्ताशय की नली के बिना ही पैदा हुई थी। और क्योंकि ऐसे बच्चे एक साल से ज़्यादा नहीं जी सकते, इसलिए उसके गुर्दे को मूत्राशय से जोड़ने के लिए ऑपरेशन के द्वारा एक कृत्रिम नली डाली गई थी।

उसकी माँ उसे गोद में लिए बरामदे में खड़ी थी।

''मुबारक हो! बहुत ही प्यारी बच्ची है!'' मैंने उसके पास जाकर बच्ची को देखते हुए कहा।

''धन्यवाद, परंतु बस, यह एक-दो दिन की मेहमान है। मैं घर से किसी के आने का इन्तजार कर रही हूँ, ताकि यहाँ से इसे हम ले जाएँ।'' माँ ने शांतिपूर्वक उत्तर दिया।

बच्ची पीले रंग के फूलों वाले डिज़ाइन की पोशाक पहने आराम से अपनी माँ की गोद में सोई हुई थी। बँधी पट्टियों के कारण उसकी पोशाक छाती से हलकी उठी हुई थी।

इस तरह, बच्ची के बारे में पूछकर मैंने यह भूल यहाँ आए मरीज़ों के लिए आवश्यक शान्ति और प्यार को देखकर भी की थी। और फिर यहाँ ज़्यादातर बच्चे दिल के ऑपरेशन के लिए आते थे। अक्सर ये बच्चे ऑपरेशन से पहले बरामदे में खेलते और लिफ्ट से ऊपर-नीचे

करते रहते थे। मैं भी कभी-कभार उनसे बातें कर लेता था। ज़्यादातर बच्चे पाँच से सात-आठ साल की उम्र के होते थे। जन्म से ही दिल की बीमारियों के साथ पैदा हुए इन बच्चों का इलाज बचपन में ही करना जरूरी था, वरना इनके जल्दी मर जाने का डर रहता।

खै़र, उनमें से एक बच्ची की तरफ़ मेरा ध्यान ख़ास तौर पर गया। मैं जब भी लिफ्ट में जाता तो वह मुझे वहाँ जरूर मिल जाती। वह अक्सर लिफ्ट के कोने में अपने से बड़े लोगों की टाँगों की परछाई के बीच रुष्ट चेहरा बनाए सिमटी खड़ी रहती।

उसकी निडर आँखों में एक चमक थी और हमेशा होंठों को कसकर दबाए रखने में एक विश्वास झलकता था।

जब एक दिन मैंने अपनी नर्स से पूछा तो उसने कहा, ''वह ऐसे ही हर रोज़ दिन में दो या तीन घण्टे लिफ्ट में ऊपर-नीचे करती रहती है।''

बरामदे में बैठते समय भी वह रुष्ट चेहरा बनाए रहती। मैंने उससे कई बार बात भी करनी चाही परंतु वह टस-से-मस न होती।

''बहुत ही होनहार बच्ची लगती है!'' मैंने अपनी नर्स से कहा।

उसके बाद वह मुझे नहीं दिखी। एक दिन मैंने नर्स से पूछा, ''उस लड़की का भी ऑपरेशन हो गया होगा। क्या वह अब ठीक है?''

''नहीं, वह ऑपरेशन कराए बगैर ही लौट गई। 'कमरे में उसके साथ रहने वाला बच्चा मर गया था, इसलिए उसने रट लगा ली थी कि उसे ऑपरेशन नहीं करवाना, उसे वापस जाना है। उसने किसी की नहीं सुनी और लौट गई।'' नर्स ने बताया।

''अच्छा! ... अगर ऐसी बात है तो वह मरी नहीं होगी।''

आज वह लड़की जवान हो गई है और मैं उससे मिलने क्योतो जा रहा हूँ।

सवारी डिब्बे के शीशों पर पड़ रही बारिश की तेज़ बौछारों से मेरी नींद खुल गई और मैं अपनी कल्पना से जाग उठा। जब मैं सोने को हुआ था तब से ही मैं जानता था कि बारिश की बूँदें शीशे पर गिरकर आवाज़ करने लगेंगी। बूँदें जैसे ही शीशे पर गिरतीं, वैसे ही फिसल कर नीचे की ओर भागतीं। कभी एक किनारे से दूसरे किनारे तक और कभी-कभी बीच में रुक-रुककर फिसलतीं। यह सब मुझे एक संगीत

जैसा लग रहा था। बूँदों से उत्पन्न हुए जल कण कभी आगे फिसल रहे थे तो कभी आगे वाले पीछे, मानो वे एक सुर की लय बन गए हों! ऐसा लग रहा था, जैसे संगीत के स्वर कभी उठ और फिर गिर रहे हों!

मुझे ऐसा आभास होने लगा, जैसे पानी के गिरने का संगीत ही वास्तव में पतझड़ की उन पत्तियों के गिरने की मेरी कल्पना बन गया था। हालाँकि उन पत्तियों के झड़ने की कोई आवाज़ नहीं थी।

नए साल पर क्योतो के एक होटल में परसों आयोजित होने वाली किमोनो पोशाक की नुमाइश में शामिल होने के लिए कपड़ों के एक व्यापारी ने मुझे आमंत्रित किया था। इस नुमाइश में हिस्सा लेने वाली मॉडलों में से एक बेप्पू रित्सुको भी थी। यह नाम मुझे आज भी अच्छी तरह याद है। लेकिन मैं नहीं जानता था कि वह छोटी-सी बच्ची अब मॉडल बन चुकी है। दरअसल मैं क्योतो की पतझड़ को नहीं बल्कि बेप्पू रित्सुको को ही देखने जा रहा था।

अगले दिन भी बारिश जारी रही। दोपहर में, मैं होटल की चौथी मंज़िल की लॉबी में बैठा टेलीविज़न देख रहा था। शायद यहाँ पर शादी में आए मेहमानों के विश्राम की व्यवस्था की गई थी, इसीलिए दो-तीन जोड़ों के सामूहिक विवाह में आए मेहमानों की भीड़ भी थी। एक सजी-धजी दुल्हन भी वहाँ से गुज़री। इसके बाद सभी बारी-बारी से शादी की यादगार तस्वीरें खिंचवाने लगे। कपड़ों के व्यापारी ने मुझे सबसे मिलवाया। मैंने उससे पूछा कि क्या बेप्पू रित्सुको भी आई है, तो उसने चिमनी के पास वाली खिड़की की ओर आँख से इशारा किया। बारिश से धुँधली पड़ी खिड़की के पास वह चुपचाप खड़ी थी। आज भी उसी निडरता और विश्वास के साथ सबको देख रही थी। उसने अपने होंठों को बचपन की भाँति ही दबाया हुआ था और एकटक उन नवविवाहितों को देख रही थी।

मैं हैरान था कि वह अभी ज़िंदा है और इतनी बड़ी और खूबसूरत हो गई है। क्या मेरी याद उसे अब भी है? ... यह जानने की जिज्ञासा से मैं उसे बुलाने को हुआ, मगर हिचकिचाहट से रुक गया।

और तभी कपड़ों के व्यापारी ने मेरे कान में फुसफुसाते हुए कहा, ''कल होने वाली नुमाइश में बेप्पू रित्सुको दुल्हन की पोशाक पहनेगी।''

पुनर्जन्म

युद्ध की सामाप्ति के एक साल से कुछ अधिक हुए इस वर्ष के पतझड़ में, मेरे पड़ोस के दस में से चार के घरों में नवजात शिशु का आगमन हुआ।

इन चार माताओं में से जो सबसे बड़ी थी, उसके सबसे ज़्यादा बच्चे थे और इस बार उसने जुड़वाँ बच्चों को जन्म दिया। दोनों नवजात शिशु लड़कियाँ थीं; परंतु उनमें से एक आधे महीने में ही चल बसी। ज़्यादा दूध होने के कारण यह माँ अपना दूध पड़ोस के बच्चों को भी पिलाती। इस पड़ोस के घर पहले दो लड़के थे। इस बार यह पहली लड़की हुई। मुझसे पूछे जाने पर मैंने इसका नाम काजुको रख दिया। जापानी लिपि का 'वा' अक्षर जिसका अभिप्राय शान्ति से है। अगर किसी व्यक्ति के नाम के लिए प्रयोग किया जाए तो 'काजू' पढ़ा जाता है। जापानी के जटिल शब्द वर्गीकरण के अंतर्गत भी यह शब्द नहीं आता। यद्यपि मैं इस मुश्किल इस्तेमाल के पक्ष में नहीं था क्योंकि मैं जानता था कि बड़ी

होने पर बच्ची को दुविधाओं का सामना करना पड़ सकता है, फिर भी यह शब्द शान्ति का प्रतीक होने की वजह से मैंने ऐसे नाम का चयन किया। सिर्फ ये ही दो लड़कियाँ हुई थीं, ऐसी बात नहीं। पड़ोस के पाँच बच्चों में से चार लड़कियाँ ही थीं। 'नए संविधान का परिणाम है!' - लोग-बाग अक्सर मज़ाक उड़ाते। फिर भी इसमें मुझे शांति की भावना का ही आभास होता।

पाँच में से चार लड़कियों का होना एक महज़ इत्तफाक भी हो सकता है लेकिन दस घरों में पाँच बच्चों के जन्म के कारण मेरा पड़ोस प्रजनन के मामले में एक असाधारण उदाहरण बन गया। हालाँकि इस पतझड़ में सारे जापान में बच्चे अधिक तादाद में पैदा हुए थे। इसमें दो राय नहीं कि यह शान्ति के बदौलत मिला उपहार है। लड़ाई के दौरान जो जन्म-दर नीचे था वह अचानक ऊपर चढ़ गया। लाज़मी भी था क्योंकि युद्ध के बाद नौजवान पति वापस अपने घरों को आ गए थे। लेकिन ऐसा भी नहीं कि बच्चे सिर्फ वहीं पैदा हुए जहाँ नौजवान योद्धा अपनी पत्नियों के पास लौट आए हों, बल्कि वहाँ भी जहाँ पति लड़ाई में गए ही नहीं थे। यह बात ग़ौर करने वाली है कि मध्यम उम्र के लोगों के घरों में भी अच्छी संख्या में बच्चे हुए। युद्ध से उन्मुक्ति ने गर्भ को निमंत्रण दिया।

शान्ति का इससे पुष्ट द्योतक शायद ही कोई और हो। जापान की हार, जीवन-संघर्ष, भविष्य में बढ़ती जनसंख्या जैसी मुश्किलों से परे यह इन्सान की स्वाभाविक प्रवृत्ति का चलन है। मालूम होता है, जैसे दबा हुआ फव्वारा फूट पड़ा हो! सूखे पौधों में अंकुर फूट पड़े हों! अगर यह शान्ति पुनः जीवन दे, जिन्दगी को आज़ाद कर खुशहाली लाए तो शायद यह सौभाग्य होगा। साथ ही साथ, शायद यह एक पाशविक प्रवृत्ति भी है जो कि इस होड़ में इन्सान पर रहम करना भूल-सी गई है।

हो सकता है, पैदा हुए बच्चे अपने माता-पिता को युद्ध के दौरान की पीड़ा को भुला पाने में मददगार साबित हो रहे हों!

लेकिन पचास साल का मैं, युद्ध खत्म होने पर भी बच्चे पैदा करने का खयाल मन में नहीं ला सका। बूढ़े दंपती युद्ध के दौरान लगातार उदासीन रहे और शान्ति लौट आने पर भी अपनी आदत सुधार न सके।

युद्ध से आँख खुली तो जिन्दगी की शाम नजदीक आ रही थी। शायद ऐसा नहीं भी सोचता, लेकिन लड़ाई में हार की उदासी ढलती उम्र के साथ मुझे शारीरिक और मानसिक रूप से तोड़ चुकी थी। हमारे वक़्त का जीता-जागता देश जैसे नष्ट हो गया हो! पीछा कर रही उदासी और अकेलेपन से ग्रसित मैं, पड़ोस में हुए नवजात शिशुओं के जन्म को जैसे दूसरी दुनिया से आई हुई रोशनी की तरह देखता हूँ।

उन पाँच नवजात शिशुओं में से एक लड़के को जनने वाली माँ सबसे छोटी थी। वैसे तंदुरुस्त लगती थी परन्तु सुनने में आया कि पतले ढाँचे की वजह से प्रसव में समय लगा। दूसरे दिन वह नली के द्वारा पेशाब न कर पाई और उठ खड़ी हो गई। यह बात पूरे मोहल्ले में आग की तरह फ़ैल गई। एक गर्भपात के बाद, यह उसका पहला प्रसव था।

मेरी बेटी जो अब सोलह साल की थी, पड़ोस के बच्चों में रूचि लेने लगी। वह ऐसे घरों में अक्सर जाती जहाँ उसे अपनापन मिला और उनसे बातचीत भी की। अब कमरे में कुछ करते-करते ही अचानक भाग कर चली जाती तो पता चल जाता था कि वह अवश्य बच्चे देखने गई है। शायद उसे अकस्मात् ही बच्चा देखने की इच्छा हो जाती थी।

एक दिन मेरी बेटी ने मेरे कमरे मे दाखिल होते ही पूछा, ''पिताजी, श्रीमती शिमामुरा ने बताया कि उनके घर पहले वाला बच्चा लौट आया है- क्या यह सच है?'' वह मेरे सामने बैठ गई।

''ऐसा नहीं है।'' मैंने झट से उसकी बात को अस्वीकार कर दिया।

''ओह!''

मेरी बेटी का चेहरा लटक गया, लेकिन वह निराश नहीं दिखी। उत्तेजित हो हाँफती-हाँफती आई थी, इसलिए दम लेने के लिए थोड़ा रुक गई, पर मैं तनिक उलझन में पड़ गया। बिना सोचे-समझे मना कर दिया, यह ठीक नहीं किया मैंने।

''क्या तुम फिर से शिमामुरा का बच्चा देखने गईं?'' मैंने स्नेह जताते हुए पूछा।

उसने सिर हिलाते हुए हामी भरी।

''क्या बच्चा बहुत प्यारा है?''

''प्यारा है या नहीं, अभी कहना मुश्किल है, अभी तो पैदा ही

हुआ है।''

''ओह!''

''जब मैं बच्चा देख ही रही थी कि शिमामुरा आंटी आ गई और कहने लगी कि यह बच्चा पहले वाला बच्चा ही है। - उन्हें पहले भी एक बच्चा हुआ था न। क्या यह वही बच्चा है?''

''हो सकता है,'' इस बार मैंने अस्पष्ट-सा जवाब दिया परंतु शायद इसका अस्वीकृति की तरफ ज़्यादा झुकाव था, ''शिमामुरा की भावनाओं को मैं समझ सकता हूँ; परंतु उन्हें यह कैसे मालूम पड़ा? वह तो जानती नहीं थीं कि पहले वाला बच्चा लड़का था या नहीं, क्योंकि वह तो पैदा ही नहीं हुआ था!''

''आप ठीक कह रहे हैं।'' उसने शीघ्र ही हामी भरी।

मेरे दिल में कुछ बात रह गई थी जो मैं बोलना चाहता था, परन्तु मेरी बेटी ने ज़्यादा रुचि नहीं दिखाई और बात वहीं खत्म हो गई।

गर्भ छः महीने में गिरा था, इसलिए संभव है कि लिंग का पता चल भी गया होगा!' मेरे मन में यह खयाल आया जरूर किंतु मैंने इस बात को खत्म करना ही उचित समझा।

परंतु पड़ोस में भी यह बात फैल गई कि शिमामुरा दंपती यह कह रहे हैं कि उनका पहले वाला बच्चा वापस आ गया। आखिरकार यह बात मेरे कानों तक भी पहुँची।

असाधारण-सी बात लगने से मैंने बेटी की बात को स्वीकार नहीं किया, परंतु सोचा जाए तो इसमें कोई रुग्णता या विकृति नहीं दिखती क्योंकि ऐसी बातें तो पहले भी आम तौर पर कही-सुनी जाती थीं। और आज ऐसी धारणा खत्म हो गई हो, यह भी नहीं कह सकते। शिमामुरा दंपती का यह अपना विश्वास हो सकता है जिसे कोई दूसरा महसूस नहीं कर सकता। और चाहे यह उनकी भावुकता मात्र ही सही, परंतु इसमें कोई संदेह नहीं कि उनके लिए यह बहुत बड़े आश्वासन और खुशी की बात है।

पहली बार श्रीमती शिमामुरा ने तब गर्भ धारण किया जब श्री शिमामुरा युद्ध के दौरान अपने तबादले के समय तीन दिन की छुट्टी पर आए थे। कुछ समय पश्चात् पति की गैर-हाज़िरी में गर्भ गिर गया। युद्ध

खत्म होने के कोई एक साल के बाद इस बार यह बच्चा जन्मा। पहला बच्चा खो जाने के कारण यह बच्चा अपने माँ-बाप की उदासी और पछतावे का प्रतिकरण भी था।

पहले वाले बच्चे के लिए मेरी बेटी का 'वह बच्चा' कहकर सम्बोधित करना जैसे वह पूर्णरूप से मनुष्य रहा हो, शायद दुनिया को मान्य नहीं। और यह कि बच्चा था, ऐसा मानने वाले भी केवल शिमामुरा दंपती ही थे। मैं तो यह भी नहीं कह सकता कि उस बच्चे में जान थी या नहीं। हाँ, इतना ज़रूर जानता हूँ कि वह अभी माँ की कोख में था। अभी तो वह इस दुनिया की रोशनी से भी अनभिज्ञ था। शायद, उसमें हृदय नाम की चीज़ तो अभी थी ही नहीं। हममें और उसमें मीलों का फर्क तो था ही। यानी कह सकते हैं कि उसका वजूद खुशहाल था। कोई चीज़ थी जो जीने की तमन्ना लिए वहाँ ठहर गई थी।

बेशक यह नहीं कह सकते कि 'पहले वाला' और यह एक ही अण्डे से उत्पन्न हुए हैं। लेकिन पहले के गर्भपात और बाद के गर्भधारण के बीच, शरीर विज्ञान और मनोविज्ञान के सम्बन्ध को भी अच्छी तरह जानने का हमारे पास कोई रास्ता नहीं। और तो और, यह बात भी समझ में नहीं आती कि कब, कहाँ से क्या आकर गर्भधारण कर, जीना चाहता है? यह कहना भी मुश्किल है कि 'पहले वाले' और 'बाद वाले' बच्चे की जिन्दगी एकदम अलग-अलग थी या फिर सब मिलाकर एक जैसी। बस इतना ज़रूर है कि हम अपने ज्ञान से अनुमान लगा रहे हैं कि पहले का बच्चा, यानी मरे इन्सान का दुबारा जन्म लेना अवैज्ञानिक है। हमारे पास न ही पुनर्जन्म के पक्ष में कोई सबूत है, और न ही यह कि पुनर्जन्म बेबुनियाद है।

मेरे अन्दर किसी तरह शिमामुरा दंपती के प्रति थोड़ी दया उमड़ आई और गर्भपात हुए उस बच्चे के प्रति भी, जिसकी तरफ से मैं अभी तक बिलकुल उदासीन था। वह मुझे एक जिए हुए इन्सान की तरह लगने लगा।

शिमामुरा की पत्नी का, प्रसव के दूसरे दिन ही नली को नापसंद कर उठ खड़े हो जाने से साफ ज़ाहिर होता है कि वह एक सफाई-पसंद महिला है। यह बात मेरी बेटी मुझे बताया करती थी, क्योंकि वह अक्सर

सिलाई और स्कूल की दस्तकारी से सम्बन्धित सवालों को पूछने के लिए शिमामुरा के यहाँ जाया करती थी। गोलाबारी से बचने के लिए तोक्यो से रिश्तेदार जब तक यहाँ आते, श्रीमती शिमामुरा ने अपनी माँ को बुलवा लिया था। दोनों अकेली रहती थीं, इसलिए मेरी बेटी के लिए वहाँ जाना आसान था।

मुझे अपने आस-पड़ोस में आग-बचाव की जिम्मेदारी सौंपी गई थी। मैं इस घर का खास ध्यान रखता जहाँ बूढ़ी औरत और उसकी गर्भवती बेटी रहती थीं और जिसका पति युद्ध में गया हुआ था।

मेरे पड़ोसियों में एक मैं ही बचा था जो दिन भर घर में रहता था। इसी वजह से आग-बचाव की जिम्मेदारी मेरे ऊपर जबरदस्ती थोप दी गई। शायद मैं इस काम के लिए इसलिए भी चुन लिया गया क्योंकि मैं थोड़ा संकोची हूँ, और किसी को कुछ करने के लिए नहीं कहूँगा। सुबह उजाला होने तक पढ़ने-लिखने की बजाय रात की चौकीदारी करना मेरे लिए उचित भी था। जहाँ तक हो सके, मैं यही नीति अपनाता था कि आराम से सो रहे पड़ोसियों की नींद न भंग करूँ। मैं रोशनी के आस-पास ही पहरा देता और किसी को न जगाता। सौभाग्य कामाकुरा का, काम इतने में ही चल जाता।

आलूबुखारे का फूल खिलने के मौसम की एक रात मुझे लगा कि शिमामुरा की रसोई से रोशनी बाहर छिटक रही है। अन्दर झाँक कर देखने के खयाल से मैंने अपना एक पैर पिछवाड़े के लकड़ी के दरवाज़े पर कस कर टिकाने की कोशिश की तो मेरी छड़ी मेंड़ के अन्दर की ओर गिर गई। मैंने तय किया कि अगले दि. उसे लेने जाऊँगा, परन्तु ऐसे घर के पिछवाड़े जहाँ केवल औरतें रह रही हों, अपनी छड़ी गिरा आना थोड़ा अज़ीब-सा लगा और मैंने छड़ी लाने का विचार छोड़ दिया। दूसरे दिन दोपहर के समय श्रीमती शिमामुरा ही आकर छड़ी दे गई। उसने घर के दरवाज़े पर आकर मेरी बेटी को आवाज़ लगाई।

''कल तुम्हारे पिताजी पहरा देते समय शायद यह छड़ी गिरा गए।''

''अरे किधर गिरा आए थे वो?''

''पिछवाड़े के दरवाज़े के अंदर।''

''ऐसा क्यों किया होगा? ... पिताजी ने लापरवाही दिखाई है।''

''शायद अँधेरा था, इसलिए ... इस तरह उन दोनों की सारी बातें मैं सुन रहा था।

मेरे पड़ोस के कामाकुरा में भी पहाड़ियों के बीच एक छोटी घाटी थी। हमले के समय यहाँ शरण के लिए सबसे पहले भागने वालों में से मैं था। पीछे की पहाड़ी की गुफा के प्रवेशद्वार तक चढ़ने पर पड़ोस के घर तकरीबन दिखने लगते थे।

उस दिन तड़के से ही लड़ाकू विमान गोलाबारी कर रहे थे। सिर के ऊपर बम गिरने की आवाज़ें और कानों के परदे फाड़ देने वाली बंदूक की भयंकर गूजें सुनाई दे रही थीं।

''शिमामुरा जी, खतरा है..., जल्दी..., जल्दी ...'' कहते हुए मैं गुफा से पाँच-छः कदम नीचे उतर गया था, पर,... ''ओह, वे छोटी चिड़ियाँ ...उन चिड़ियों को देखो, कितना डर रही हैं।''

दो, तीन छोटी चिड़ियाँ बड़े से आलूबुखारे के पेड़ के अन्दर घुसी बैठी थीं। टहनियों के बीच फुदकतीं, पर फड़फाड़ाने से ज़्यादा और कुछ नहीं कर रही थीं। वे बिलकुल भी आगे नहीं बढ़ पा रही थीं। हरी पत्तियों के बीच एक सँकरी जगह में ऐंठन से जैसे फड़फड़ा रही हों। मुश्किल से तो टहनी तक पहुँच पाती थीं, फिर टहनी को ठीक से कैसे पकड़ पातीं! पंज़ों को बाहर की तरफ निकाल ऐसे फड़फड़ा रही थीं मानो पीछे की ओर गिर जाएँगी।

शिमामुरा की पत्नी भी गुफा से, पंजों के सहारे बैठी, दोनों हाथों से घुटनों को कस कर पकड़े, सिमटी हुई, सिर उठा, फड़फड़ाती, काँपती चिड़ियों को देख रही थी।

पास के घने बाँस के झुण्ड के बीच कुछ टूटने की एक भयंकर आवाज़ हुई।

जब शिमामुरा के बच्चे की पुनर्जन्म की बात से मेरे हृदय में करुणा पनपी तो मुझे वह फड़फड़ाता पंछी याद आया। गर्भपात हुआ बच्चा उस समय गर्भ के अन्दर था।

उसके बाद इस बार का बच्चा किसी प्रकार सही सलामत पैदा हुआ।

युद्ध के दौरान आकस्मिक गर्भपात बहुत हुए थे। गर्भधारण की

संख्या भी बहुत कम हो गई थी। औरतों की महावारी भी अनियमित हो गई थी। लेकिन इस पतझड़ में आस-पास के दस घरों में से चार के घरों में बच्चे हुए।

अपनी बेटी के साथ जब मैं शिमामुरा के घर के पास से गुजरा तो बाड़े में कैमेलिया के फूल खिलने शुरू हो गए थे। यह मेरा पसन्दीदा फूल है। खास कर इस ऋतु में।

युद्ध के कारण जो बच्चे इस दुनिया की रोशनी देखे बगैर ही खत्म हो गए, उनके लिए मेरा दिल अचानक भर उठता है।

युद्ध के दौरान दुःख में खोए मेरे क्षण भी क्या फिर कभी पुनर्जीवित हो सकेंगे? मैं सोचने लगता हूँ।

छाता

तन को भिगोने वाली नहीं, अपितु नम कर देने वाली धुँधले बसंत की हलकी फुहार थी। सामने बैठी किशोरी ने जैसे ही किशोर का छाता देखा, उसने पहली बार कुछ कहा, "अरे! बारिश हो रही है न?"

उस छाते को खोलने का उद्देश्य स्वयं को बारिश से बचाने से अधिक उस शर्म को छिपाना था जो उसे उस दुकान के सामने से गुजरने में महसूस हो रही थी जहाँ वह लड़की बैठी थी।

लड़के ने बिना कुछ कहे लड़की के ऊपर अपना छाता कर दिया। लड़की ने केवल एक ही कंधा छाते के नीचे किया। यदि लड़का भीगी हुई अवस्था में होता तो शायद लड़की के साथ एक ही छाते के नीचे रह पाने में अपने को असमर्थ पाता। यूँ तो लड़की स्वयं भी एक हाथ से छाता पकड़ना चाहती थी परंतु प्रत्यक्ष रूप से तो ऐसा जान पड़ता था, जैसे वह कहीं भाग जाना चाहती हो।

वे दोनों फोटोग्राफर की दुकान में प्रवेश कर गए। लड़के के पिता के दफ्तर के अफसर की कहीं दूर बदली हो गई थी, यह इनकी विदाई की तसवीर थी।

"आइए, आप दोनों यहाँ एकसाथ बैठ जाइए।" फोटोग्राफर ने एक लम्बी-सी बैंच की ओर इशारा करते हुए कहा। परंतु लड़का लड़की के करीब बैठने से हिचकिचाया। वह लड़की के पीछे जाकर खड़ा हो गया। वे एक-दूसरे से जुड़े हैं, ऐसा आभास हो, यह सोच वह उस उंगली से लड़की के कोट को हलके से छूता है, जिससे उसने बेंच पकड़ा हुआ था। पहली बार उसने किसी लड़की के शरीर का स्पर्श किया था। उँगली से महसूस की गई लड़की के शरीर की हलकी-सी गर्माहट से ही उसे ऐसा प्रतीत हुआ जैसे उसने लड़की को नग्न अवस्था में आलिंगन किया हो!

उम्र भर जब भी वह उस तस्वीर को देखेगा उसे लड़की के शरीर की गर्माहट महसूस होगी।

"एक और तस्वीर खिंचवा लीजिए। एक साथ बैठ जाइए। केवल शरीर के ऊपरी हिस्से का क्लोजअप लूँगा।"

लड़के ने हामी भरते हुए केवल अपना सिर हिलाया और बहुत ही धीमी आवाज में लड़की से कहा, "बाल?"

लड़की एकदम से लड़के को देखती है। शर्म से उसके गाल सुर्ख हो जाते हैं। आँखें खुशी से चमक उठती हैं। वह किसी बच्चे की तरह दौड़ती हुई श्रृंगार-कक्ष की ओर अपने बाल सँवारने चली जाती है।

जिस वक्त लड़की ने दुकान के सामने से गुजरते हुए उस लड़के को देखा था, तो वह फौरन दौड़ती हुई वहाँ आ गयी थी। उसे बाल सँवारने का भी समय नहीं मिला था। उसके बाल ऐसे बिखरे हुए थे जैसे तैरने के वक्त पहनी गई टोपी अभी-अभी उसने उतारी हो, और इस बात से उसका मन निरंतर परेशान-सा था।

वह ऐसे स्वभाव की लड़की थी जिसे लड़के के सामने अपने बिखरे बालों में कंघी फेरने या श्रृंगार करने में शर्म महसूस होती थी। और लड़का यह सोच रहा था कि यदि वह बाल सँवारने के लिए कहेगा तो शायद लड़की झेंप जाएगी।

बाल सँवारने के लिए दूसरे कमरे में जाती हुई लड़की की प्रसन्नता लड़के को भी उमंग से भर देती है। ऐसी खुशी का एहसास लिए वे दोनों बेंच पर ऐसे पास–पास बैठ गए, जैसे यह एक बहुत ही स्वाभाविक बात हो।

दुकान से बाहर निकलते समय लड़का अपना छाता ढूँढता है। देखता है कि छाता उस लड़की के पास है जो उससे पहले दुकान से बाहर निकल चुकी थी। लड़की भी इस बात पर गौर करती है कि वह उस लड़के का छाता ले आई है। उसे बहुत आश्चर्य होता है। बिना किसी कारण से किया गया उसका यह कार्य क्या इस बात की ओर संकेत नहीं करता कि लड़की के हृदय में भी लड़के के प्रति अपनापन की भावना जाग्रत हुई है?

लड़का उससे अपना छाता लेने की बात न कह पाया। लड़की भी उसका छाता लौटा नहीं पाई। फोटोग्राफर के यहाँ आते वक्त की राह से अलग होते ही वे दोनों अकस्मात् बड़े हो गए और मन में दम्पती की सी भावना लिए घर लौट आए।

छाते से जुड़ी बस, इतनी–सी बात

अमर

एक बूढ़ा व्यक्ति और एक युवा लड़की साथ चल रहे थे। इन दोनों में कई विचित्र बातें थीं। उनकी उम्र में लगभग साठ वर्ष का अन्तर था, जिसे शायद दोनों ही महसूस न करें, प्रेमियों की भाँति एक दूसरे से सटे हुए चल रहे थे। बूढ़ा व्यक्ति कानों से बहरा था, लड़की की बातें सुनने में बिलकुल असमर्थ। लड़की जामुनी और सफेद रंग के बारीक तीरों के आकार के छपे किमोनो के साथ, गहरे लाल रंग से कढ़ा जामुनी रंग का हाकामा[1] पहने हुई थी, जिसकी आस्तीन कुछ लम्बी थी। बूढ़ा व्यक्ति खेतों में घास काटने वाली स्त्री जैसी पोशाक पहने था। उसके हाथ-पाँव नंगे थे। उन तंग बाजुओं के सूती किमोनो और कामकाजी औरतों के पतलून में वह हर लिहाज़ से एक स्त्री जैसा लग रहा था। पतले कूल्हे

1. स्कर्टनुमा एक जापानी अधोवस्त्र जो किमोनो के ऊपर पहना जाता है।

के आस-पास से उसके कपड़े कुछ ढीले थे।

घास के मैदान में वे थोड़ा आगे चले तो उनके सामने एक ऊँचा तारों का जाल था। अगर वे आगे बढ़ते हैं तो उन तारों के जाल से टकरा जाएँगे लेकिन फिर भी दोनों प्रेमी इस बात से अनभिज्ञ बिना रुके आसानी से तारों के जाल से गुज़र गए एक हवा के झोंके की तरह...

तारों के जाल से गुज़रने के पश्चात अचानक लड़की का ध्यान जैसे उस पर गया।

"अरे!" और संदेह से लड़की ने बूढ़े व्यक्ति को देखा, "शिनतारो भी तारों के जाल को पार कर गए?"

बूढ़े व्यक्ति को कुछ सुनाई नहीं दिया; बल्कि उसने तारों के जाल को पकड़कर हिलाते हुए कहा, "यह दुष्ट, यह दुष्ट!"

अपनी बाजुओं की पूरी ताकत लगाकर, विशाल तारों के जाल को हिलाते हुए, बूढ़ा व्यक्ति लड़खडाते हुए, तारों के जाल को पकड़े हुए, आगे को गिर पड़ा।

"देखो, सँभल के शिनतारो! आखिर हुआ क्या!" लड़की ने बूढ़े व्यक्ति को पकड़कर सँभाला। "तारों के जाल से हाथ हटाओ...। अब थोड़ा हलका महसूस कर रहे हो न।"

बूढ़ा व्यक्ति आखिरकार उठ खड़ा हुआ। उसने एक लम्बी दर्द-भरी साँस ली।

"धन्यवाद।" बूढ़े व्यक्ति ने दुबारा से तारों के जाल को पकड़ लिया; परन्तु इस बार एक हाथ से ऊँची आवाज़ में बोला, "मुझसे आए दिन, इन तारों के जाल के पीछे, गेंद उठवाई जाती थी सत्रह साल के लम्बे समय तक।"

"केवल सत्रह साल क्या लम्बे हैं? ये तो कम हैं!"

"झनझनाती गेंदें बेहिसाब से आतीं। जब गेंद जाल से टकरातीं तो आवाज़ करतीं। अभ्यास न होने तक मैं कंधे उचकाता रहता था। उस आवाज़ के कारण ही तो मैं बहरा हो गया। यह दुष्ट!"

गोल्फ के प्रशिक्षण केंद्र में, गेंद उठाने वाले लोगों की जीवन रक्षा हेतु बने तारों का यह जाल था, जिसके नीचे पहिया लगा था। पहियों के सहारे उसे आगे, पीछे, दाएँ, बाएँ चारों ओर ले जाया जाता था।

गोल्फ-कोर्स और प्रशिक्षण-क्षेत्र पेड़ों द्वारा विभाजित था। असल में वह तरह-तरह के पेड़ों से भरा एक विस्तृत जंगल था; परन्तु अब अनियमित ढंग से पेड़ काट दिए गए थे।

तारों के जाल को पीछे छोड़कर दोनों आगे बढ़े।

"आहा! इतने समय बाद समुद्र की आवाज़ सुनाई दे रही है!" यह बात बूढ़े व्यक्ति को सुनाने के लिए लड़की ने उसके कानों के करीब मुँह लाकर कहा, "कितने समय बाद समुद्र की आवाज़ सुनाई दे रही है, है न?"

"क्या...?" बूढ़ा व्यक्ति आँखें बंद करके कहा, "मिसाको की साँसें मीठी हैं न! बिलकुल पहले जैसी।"

"इतने समय के पश्चात् उस समुद्र की आवाज़ क्या तुम्हें सुनाई नहीं दे रही?"

"समुद्र, समुद्र ...? तुम्हें याद आ रहा है वह समुद्र... या स्वयं की जान ले लेने वाला समुद्र - तुम्हें क्या याद आता है?"

"याद आता है। पचपन सालों के पश्चात् अपने घर वापस जो लौटी हूँ। शिनतारो, तुम भी आए हो।" अभी भी बूढ़े व्यक्ति को कुछ सुनाई नहीं पड़ रहा था फिर भी वह बोलती गई, "मैंने जान देकर बहुत अच्छा किया। जान देने के समय की तरह ही मैं हमेशा शिनतारो की यादों से भर जाती हूँ। फिर मेरी याददाश्त भी सत्रह साल तक की ही है। शिनतारो हमेशा जवान है मेरे लिए... इसीलिए, ...

"अगर मैं सत्रह साल की उम्र में न मरती तो अब जब तुम वापस आए हो, मैं एक बुढ़िया न हो गई होती? शर्म से मैं तुमसे कभी मिल भी न पाती।"

बूढ़ा व्यक्ति जैसे अपने-आप में ही बड़बड़ाता हुआ कहे जा रहा था, "मैंने तोक्यो जाकर असफलता प्राप्त की। सब कुछ व्यर्थ साबित होने के पश्चात आखिरकार मैं घर वापस लौट आया। मुझे उस समुद्र के ऊपर बने गोल्फ केंद्र में नौकरी मिली, जिस समुद्र में तुमने मुझसे न मिल पाने के गम में अपनी जान दे दी थी। बहुत गिड़गिड़ाने के पश्चात शायद उन्हें मुझ पर तरस आ गया होगा ...?"

"इस तरह एक-दूसरे के साथ चलते-चलते हम दोनों पहाड़ों और

जंगलों से घिरे तुम्हारे घर आ पहुँचे हैं।''

''मैं केवल गोल्फ प्रशिक्षण केंद्र में गेंद उठाने का ही काम कर सकता था, क्योंकि कमर मोड़ने से मुझे बहुत दर्द होता था। मेरी खातिर अपने प्राण निछावर कर देने वाली केवल तुम ही थीं। वह चट्टान करीब ही थी इसीलिए बेशक लड़खड़ाते हुए ही सही, मैं कई बार उस चट्टान से जान देने की सोचता रहा।''

''नहीं, नहीं! तुम हमेशा जीवित रहना ...। अगर तुम मर गए तो तुम्हारी तरह मुझे याद करने वाला इस दुनिया में कोई भी नहीं है। क्या फिर मैं हकीकत में नहीं मर जाऊँगी? '' बूढ़े व्यक्ति की बाजुओं से सटकर बोलने के पश्चात भी वह कुछ भी सुन नहीं पा रहा था।

परन्तु सटी हुई लड़की को बूढ़े ने गले से लगा लिया।

''ठीक है चलो, इस बार एकसाथ अपने प्राणों का त्याग करें ...। तुम मुझे लेने के लिए आई हो न?''

''एकसाथ...? परन्तु तुम जीवित रहो हमेशा-हमेशा मेरी खातिर...'' लड़की ने बूढ़े व्यक्ति के कंधे से हटकर आँख उठाई तो एक दृश्य देखकर प्रसन्नचित आवाज़ में बोली, ''आहा! वे विशाल वृक्ष अभी तक हैं–तीन! बिलकुल पहले के समान! यह हमारी मधुर स्मृति है!''

लड़की के इशारा करने पर बूढ़े व्यक्ति ने अपनी नज़र उन तीन विशाल वृक्षों की ओर दौड़ाई।

''गोल्फ केंद्र के सदस्य इन वृक्षों से भयभीत होकर इन्हें कटवाने के लिए कहने लगे थे। उड़ती गेंद अक्सर इन वृक्षों के पास आते ही मुड़ने लगती थी, जैसे इनमें कोई जादुई शक्ति हो!''

''गोल्फ केंद्र के सदस्य शायद यह नहीं जानते थे कि वे इन सौ सालों से खड़े वृक्षों के पूर्व ही मर जाएँगे। उन्हें इसका आभास न था कि मनुष्य के जीवन की अवधि वृक्षों की अपेक्षा कितनी छोटी होती है!''

''कई सौ सालों से मेरे पूर्वज इन विशाल वृक्षों को देखते आए थे, इसलिए इन तीन वृक्षों को न काटने की प्रतिज्ञा के कारण मैंने अन्य वृक्ष बेच दिए थे।'' बूढ़ा बोला, ''चलो, चलते हैं।''

हड़बड़ी में बूढ़ा लड़की का हाथ पकड़े, लड़खड़ाते हुए विशाल

वृक्ष की ओर बढ़ा। लड़की पूरी की पूरी वृक्ष के भीतर समा गई। बूढ़ा व्यक्ति भी।

''अरे!'' लड़की ने हैरानी से बूढ़े व्यक्ति की ओर घूरते हुए देखा, ''तुम भी मर चुके हो?'' मर चुके हो? कब?''

''...।''

''तुम मर चुके हो? सच...! आश्चर्य है, हम लोग मृत्यु के बाद की दुनिया में कभी नहीं मिले! खैर, एक बार फिर से जिंदगी और मौत को परखने के लिए इस वृक्ष से गुज़रकर देखते हैं। अगर तुम मर चुके हो तो, हम दोनों का एकसाथ इस वृक्ष के भीतर समा जाना ही अच्छा रहेगा।''

विशाल वृक्ष के भीतर घुसने के बाद बूढ़ा व्यक्ति और लड़की दोनों ही बाहर निकलकर नहीं आए।

तीन विशाल वृक्षों के पीछे उन पतले पेड़ों पर संध्या का रंग उतरने लगा था। समुद्र की आवाज़ से दूर, दूसरी ओर आसमान का रंग हलका लाल हो चला था।

चोर

शरद में हवा के बहते झोंके... बहते जा, बहते जा!

प्राथमिक विद्यालय में पढ़ने वाली वह लड़की गाना गुनगुनाते हुए पर्वतीय मार्ग से लौट रही थी।

उरूशी[1] के वृक्ष शारदीय रंजन से शोभायमान हैं। टूटे-फूटे छोटे से भोजनालय की दूसरी मंजिल यूँ खुली पड़ी हुई है, जैसे शरद ऋतु के आगमन एवं बर्फीली हवा का आभास ही न हो। वहाँ इत्मीनान से बैठकर जुआ खेलते मजदूरों के कंधे, सड़क से भी देखे जा सकते हैं।

डाकिया बरामदे में उकड़ूँ बैठ अपनी फटी हुई रबर के मोजों[2] के अन्दर अँगूठे को दबा रहा है। वह छोटा-सा पार्सल लेकर अन्दर गई महिला के बाहर आने का इन्तजार कर रहा है।

---

1. काकड़ा सिंगी जाति का एक पर्णपाती वृक्ष।
2. चमड़े के तले वाला मोजाए (ताबी)। आमतौर पर किमोनो चप्पलें आदि पहनते समय पहनने का कपड़े का बना मौजा।

"अरे, पार्सल में यही किमोनो था न?"

"हाँ, यही।"

"मैंने भी यही सोचा था कि अब आवासे[1] भेजने का मौसम है।"

"बुरी बात है। जैसे तुम्हें मेरे बारे में सब कुछ पता ही हो..."

महिला तैल-पत्र में बँधे पार्सल द्वारा भेजे गए 'आवासे' को पहनकर आई और बरामदे में बैठकर घुटनों के पास सिलवट खींचने लगी।

"क्योंकि मैं तुम्हारे द्वारा भेजे गए या प्राप्त होने वाले सभी पत्र पढ़ता हूँ।"

"तुम क्या सोचते हो, मैं पत्र में वास्तविकता लिखूँगी? यह तो मेरे पेशे से मेल भी नहीं खाता!"

"क्योंकि तुम्हारे समान झूठ बोलना मेरा पेशा नहीं है न!"

"आज मेरे लिए कोई चिट्ठी?"

"नहीं।"

"बैरंग भी नहीं?"

"नहीं है, भई!"

"कैसा मुँह बना रहे हो! मेरा तुम पर बहुत उधार है, समझे? अगर तुम कभी मंत्री वगैरह बन गए, उस समय ऐसा नियम बनाना जिसमें प्रेम-पत्र पर टिकट लगाना अनिवार्य न हो, परन्तु अभी ऐसा नहीं चलेगा, क्योंकि सड़ी-गली बकवास लिख स्वयं के पत्रों को डाक कहकर दे जाते हो और ऊपर से जुर्माना भी ले जाते हो। आज तो जेब खर्च भी नहीं है मेरे पास।"

"बहुत ऊँचा बोल रही है तू।"

"तो फिर पैसे निकाल!"

"लगता है, आज दाल नहीं गलने वाली।" उसने जेब से सिक्का निकालकर बरामदे में फेंक दिया और चमड़े के थैले की रस्सी खींचते हुए खड़ा हो गया।

दूसरी मंजिल से एक मजदूर मात्र एक कमीज पहने लुढ़कते हुए नीचे आकर गिरा। उसके आँख-नाक बहुत तेज लगते हैं। इनसान बनाते-बनाते उकताए भगवान ने शायद ऊँघते हुए लगा दिए थे।

---

1. अस्तर वाला किमानो।

''एं! पैसे गिरे हैं! दीदी, ये 50 सेन[1] उधार दे दो।''

''क्या कह रहा है रे, चिकनी-चुपड़ी बातें करने वाले छोकरे?'' महिला ने जल्दी से सिक्का उठाकर कमरबंद में छुपा लिया।

एक बच्चा छल्ला घुमाते हुए शरद ऋतु में चलने वाली तूफानी बर्फीली हवा की ध्वनि उत्पन्न करता भागा जा रहा है।

एक कोयला बनाने वाले की बेटी कोयले की बोरी को पीठ पर लादे पहाड़ी से नीचे उतर कर आई। जिस प्रकार मोमोतारो[2] प्रेतों के द्वीप से जीतकर वापस लौटा था, ठीक उसी प्रकार वह लड़की गुमी[3] की एक पूरी डाल को कंधे पर उठाए हुए थी। उस पर लगे फल ऐसे लाल-लाल पके थे मानो हरे पत्तों के बीच लाल फलों से लदा एक प्रवाल वृक्ष हो! कोयला और गुमी लेकर वह गाँव के डॉक्टर के पास दुआ-सलाम करने जा रही थी।

''पिताजी, केवल कोयला देने से ही ठीक रहेगा न?'' कोयले की दुकान से निकलते समय, बिस्तर पर पड़े अपने बीमार पिता से उसने पूछा था।

''कोयले के सिवा कुछ और नहीं था, कह देना।''

''आपका बनाया कोयला तो फिर भी ठीक है, परन्तु मेरा तो... उफ! शर्म आती है! जब तक आप बिस्तर से उठ कर कोयला बनाने लायक नहीं हो जाते, तब तक इन्तजार करें क्या!''

''नहीं, कहीं पहाड़ से पर्सीमम वगैरह लेकर चली जा।''

''चलिए, फिर ऐसा ही करती हूँ।''

परन्तु इससे पहले कि लड़की पर्सीमम चुरा पाती, वह देखते-देखते धान के खेतों तक उतर आई। खेतों की पगडंडियों पर लगे गुमी के ताजे फलों को देखते ही उसके चोर दिल में बसी निराशा छू-मंतर हो गई। उसने एक डाल पर हाथ डाला। झुके होने के बावजूद भी वह उसे तोड़ नहीं पाई। दोनों हाथों से लटकते हुए उसने डाल खींची। अकसमात् एक बड़ी-सी टहनी टूटने मुँह में डालती गाँव की ओर नीचे उतरी। उसकी जीभ कसैलेपन से रूखी

---

1. एक येन का सौंवा भाग।
2. जापान की सर्वप्रसिद्ध लोक-कथा। मोमोतारो बहादुर एवं अद्‌भुत लड़का था जो प्रेतों के द्वीप से उन्हें मारकर वापस लौटा तो अपने साथ परा का पूरा पेड़ ही उठा लाया था। बहादुरी का प्रतीक भी है।
3. एक पर्णपाती पेड़।

से वह पीठ के बल गिरी। मुस्कुराती हुई वह गुमी के फलों को धीरे-धीरे हो गई। प्राथमिक विद्यालय की वह छात्रा वापिस लौट रही है।

"मुझे भी दो... मुझे भी दो।"

लड़की ने मुस्कुराते हुए प्रवाल वृक्ष की भाँति गुमी की डाल तपाक से उनके सामने कर दी। पाँच-छः बच्चे एक-एक करके गुच्छे को तोड़ने लगे।

लड़की गाँव में दाखिल हुई। छोटे भोजनालय के बरामदे में एक महिला खड़ी थी।

"अहा! सुंदर! यह गुमी है न! किस ओर जाना हो रहा है तुम्हारा?"

"डॉक्टर साहब के यहाँ तक।"

"पिछले दिनों पहाड़ से डॉक्टर साहब को ले जाने क्या तुम्हारे घर के ही लोग आए थे? यह तो लाल कोरियन कैण्डी से भी अधिक सुन्दर है। क्या एक फल मुझे भी दे सकती हो?"

लड़की ने गुमी की पूरी डाली महिला को दे दी। महिला के घुटनों पर डाल गिरी तो उसने हाथ हटा लिए।

"क्या मैं इसे ले सकती हूँ?"

"हाँ।"

"पूरी डाली?"

"हाँ!"

लड़की महिला के नए रेशमी किमोनो पर अत्यंत आकर्षित होकर शरमाते हुए जल्दी-जल्दी आगे बढ़ चली।

महिला ने अपने घुटनों के घेरे पर आधे से ज्यादा फैली गुमी की डाली देखी। वह एकदम हैरान हो गई। उसने एक फल मुँह में डाला। उसके कसैलेपन और ठंडक ने उसी अपने गाँव की याद दिला दी। वह माँ भी, जिसने आवासे भेजा था, अब गाँव में नहीं है।

छोटी उँगली में छल्ला घुमाते हुए शरद की ध्वनि उत्पन्न करता वह लड़का भागा जा रहा है। महिला प्रवाल जैसे वृक्ष की छाया में कमरबंद से सिक्का निकालकर कागज में लपेटती है और चुपचाप बैठ कोयले वाली लड़की के वापस लौटने की प्रतीक्षा करने लगती है।

प्राथमिक विद्यालय की वह बालिका गुनगुनाते हुए पहाड़ी मार्ग से वापस लौट रही है।

शरद में हवा के बहते झोंके ... बहते जा, बहते जा!

धूप

चौबीसवें वर्ष की शरद में, मैं समुद्र तट पर स्थित होटल में एक लड़की से मिला। प्रेम का यह शुभारम्भ था। लड़की ने गरदन बिलकुल सीधी रखते हुए आस्तीन को ऊपर उठाया और चेहरा छिपा लिया। उसकी इस हरकत से मुझे महसूस हुआ कि मैं फिर से अपनी वही पुरानी बुरी आदत से बाज नहीं आ रहा हूँ। झेंपते हुए मैंने उदास-सा चेहरा बना लिया।

''तुम्हें घूर रहा हूँ न?''

''हाँ, लेकिन ऐसी भी बात नहीं है।''

लड़की के विनम्र स्वर और अटपटे अंदाज से मुझे कुछ राहत मिली।

''यह बुरी बात है न?''

''नहीं तो! इतनी अच्छी न भी हो परंतु ठीक ही है।''

लड़की ने अपनी आस्तीन नीचे कर ली। उसके हाव-भाव से ऐसा प्रतीत हुआ जैसे वह मेरी नजरों को सहने की कुछ चेष्टा कर रही हो। मैंने अपनी नजरें फेर लीं और समुद्र को देखने लगा।

मेरी यह बहुत बुरी आदत थी कि मेरे नजदीक जो भी व्यक्ति होता, मैं उसे घूरकर दुविधा में डाल देता था। मैं अक्सर इस आदत को सुधारने का प्रयत्न करता परंतु जब भी किसी के नजदीक बैठता, उस इन्सान का चेहरा ध्यान से देखे बगैर न रह पाता। इसलिए अपनी इस आदत पर गौर करने पर मुझे बहुत आत्मग्लानि का अहसास होता था। बचपन में माँ-बाप और घर-बार खोया तो अपरिचित लोगों ने मेरी देख-भाल की।

'कहीं तभी से मैं लोगों के चेहरे पढ़ने का आदी तो नहीं हो गया था? कहीं यहीं से तो मेरी इस बुरी आदत की शुरुआत नहीं हुई थी?' मैं अक्सर ऐसी बातें सोचता रहता था।

कभी-कभी मैं याद करने की चेष्टा करता हूँ कि मेरी यह आदत तब पड़ी जब मैं अपरिचित लोगों के घर रहने लगा था या फिर उससे पहले पड़ गई जब मैं अपने ही घर में रहता था। बहुत प्रयत्न करने पर भी मेरी स्मरण शक्ति इस बात पर कोई रोशनी न डाल सकी।

परंतु इस समय दृढ़ निश्चय करते हुए कि मुझे लड़की को नहीं घूरना है, मैंने अपनी नजरें उस समुद्रतट की ओर घुमाईं जो शरद के सूर्य की किरणों से रँगा हुआ था। अचानक इसी धूप ने मेरे हृदय में कहीं दबी हुई उस पुरानी याद को ताजा कर दिया।

माता-पिता के देहान्त के बाद, मैं और मेरे दादा, हम दोनों, गाँव के घर में लगभग दस वर्ष तक एकसाथ रहे। मेरे दादा नेत्रहीन थे। दादा ने न जाने कितने वर्ष, उसी कमरे में, उसी स्थान पर, अँगीठी के सामने पूर्व दिशा की ओर बैठकर गुजारे। वे कभी-कभी गरदन घुमाकर दक्षिण दिशा की ओर देखने लगते। उत्तर दिशा में वे अपना चेहरा कभी नहीं करते थे। जब मैंने उनकी इस आदत पर गौर किया तो मुझे बहुत हैरानी होती थी कि वे अपनी गरदन सिर्फ एक दिशा में ही क्यों घुमाते हैं! कभी-कभी मैं बहुत देर तक दादा के सामने बैठकर निरंतर उनका चेहरा देखता रहता था कि कहीं एक बार भी उन्होंने उत्तर दिशा की ओर

अपना चेहरा तो नहीं घुमाया? परंतु दादा एक मशीनी गुड़िया की तरह हर पाँच मिनट में एक बार जब अपनी गरदन दायीं ओर घुमाते तो वह केवल दक्षिण दिशा ही होती। इस बात से मुझे उदासी भी होती और मन बेचैन भी हो जाता। दक्षिण दिशा में धूप थी। शायद इसी कारण दक्षिण दिशा में नेत्रहीन व्यक्ति को भी हलकी-सी रोशनी महसूस होती होगी। धूप से सम्बन्धित यह पुरानी बात जो मैं भूल चुका था, मुझे आज अचानक याद आ गई।

मैं दादा के चेहरे को टकटकी लगाए इस आशा में देखता था कि कम-से-कम एक बार तो वे उत्तर की ओर चेहरा घुमाएँ। मैं बिना किसी हिचकिचाहट के टकटकी लगाए उन्हें देख सकता था क्योंकि वे नेत्रहीन थे। अब मुझे यह स्पष्ट हो चुका था कि लोगों को घूरने की आदत मुझे यहीं से पड़ी; तो मेरी इस आदत की शुरुआत मेरे अपने ही घर से हुई। मेरी यह आदत मेरे अभद्र मन का अवशेष नहीं है, इसलिए अब मैं इस बुरी आदत के प्रति बेफिक्र हो सकता हूँ।

यह विचार आते ही मेरा मन प्रसन्नता से नाच उठा। मेरी यह खुशी और भी बढ़ गई क्योंकि उस वक्त मैं उस लड़की के लिए अपने मन को पूर्णतः निर्मल और स्वच्छ रखना चाहता था।

लड़की ने फिर कहा, "वैसे तो मैं आदी हो गई हूँ, परन्तु अभी थोड़ी शर्म आती है।"

उसकी इस बात को सुनते ही मुझे आभास हुआ कि अब यदि मेरी नजर लड़की के चेहरे पर लौट भी आए तो उसे बुरा नहीं लगेगा। लड़की काफी देर से शायद इस चिन्ता में थी कि उसके अटपटे हाव-भाव से मुझे परेशानी हुई थी।

प्रफुल्लित चेहरे से मैंने लड़की को देखा। लड़की शर्म से लाल हो गई। शरारत-भरी आँखों से मुझे देखती हुई वह मासूमियत से बोली, "मेरा चेहरा हर सुबह, हर शाम ऐसा ही रहेगा, बेडौल नहीं होगा, इसलिए निश्चिन्त रहिए।"

मैं हँस दिया। अचानक ऐसा महसूस होने लगा कि मैं लड़की के बहुत करीब आ गया हूँ। लड़की और दादा जी की यादों के साथ मैं समुद्रतट की धूप में निकलने को बेचैन हो उठा।

दृष्टि

पर्वत के गरम-सोता सराय का तीन वर्षीय बालक भयभीत-सा, चुपके से मेरे कमरे में भागता हुआ आया। उसने मेज से सिल्वर-बेस की पेंसिल को फुर्ती से लपक लिया। इससे पहले कि मैं कुछ बोल पाता, वह वहाँ से चम्पत हो गया।

कुछ क्षण बाद सराय की सेविका आई।

"यह पेंसिल क्या आपकी है?"

"हाँ, मेरी ही है। थोड़ी देर पहले मैंने यहाँ के बालक को दे दी थी।"

"लेकिन यह तो बालक की आया के पास थी!"

"मैंने तो यह पेन्सिल बच्चे को ही दी थी। लेकिन शायद आया ने उससे छीन लिया।"

सेविका मुस्कुराने लगी। पूछताछ पर पता चला कि पेंसिल आया के

निजी सामान के अन्दर से निकली। उसके सामान में चुराई हुई अन्य वस्तुएँ भी थीं; जैसे–अतिथियों के परिचय-कार्ड रखने का केस, मालिकिन के अण्डरगार्मेंट्स,शृंगार-पेटी, कुछ रुपए-पैसे आदि–आदि।

लगभग आधा महीना बीता तो सेविका ने इस घटना के बारे में बात छेड़ते हुए कहा, "कितनी अफसोसजनक बात है। उस आया के कारण कितनी शर्मिन्दगी उठानी पड़ी!..."

ऐसा सुनने में आया कि आया को चोरी की लत पड़ गई थी। गाँव की दुकान से महँगी पोशाकों की उसकी नकद खरीददारी की खबर सराय तक पहुँचने लगी। सराय की मालकिन के कहने पर सेविका ने जब आया से पूछताछ की तो वह बोली, "अगर ऐसी बात है तो मैं खुद ही मालकिन को सब कुछ बता देती हूँ।" वह झट से उठी। उसने अपने होंठ ऐसे बिचकाए जैसे कह रही हो–'तुम जैसी बाँदी को मैं अपनी सफाई क्यों पेश करूँ?'

सेविका के अनुसार, आया मालिकिन के पास गई और उनके सामने बैठ गर्दन झुकाए चुराई हुई प्रत्येक वस्तु का बारी-बारी से वर्णन करने लगी। सराय के स्वागत कक्ष की मेज तथा अतिथियों से कुल मिला कर 150 येन चुराये थे उसने। हिसाब देते हुए वह बोली, "अपने लिए तीन–चार किमोनो और कोट सिलवा लिए और शेष माँ को अस्पताल ले जाने के लिए मोटरगाड़ी पर खर्च कर दिए।"

इसके बाद सराय का क्लर्क जब आया को उसके माता–पिता के पास छोड़ने गया तो उन्होंने अपनी बेटी को कुछ भी न कहा।

सराय से उस सुन्दर आया के चले जाने के तुरन्त बाद मैंने भी शीघ्र लौट जाने का निश्चय कर लिया।

मैं घोड़ागाड़ी में जा रहा था कि देखा, वृक्षों की कतार चीरती हुई एक मोटरकार तेज रफ्तार से पीछे–पीछे आ रही थी। घोड़ागाड़ी बीच सड़क से हटकर किनारे हो गई। मोटर घोड़ागाड़ी के पास आकर अचानक रुकी। कीमती परिधान में सजी–सँवरी वही आया कार से उतरी और फुदककर घोड़ागाड़ी में चढ़ते हुए उल्लास भरे स्वर में बोली, "ओह, बेहद खुशी की बात है, आपसे फिर मिलकर बहुत प्रसन्नता हो रही है। मैं माँ को शहर के डॉक्टर के पास ले जा रही हूँ। दुर्भाग्यवश

माँ की एक आँख की दृष्टि चली गई है। आइए न, मोटर में हमारे साथ चलिए। आपको आपके ठिकाने तक पहुँचा देंगे। अच्छा रहेगा।''

मैं घोड़ागाड़ी से उतर गया। आया के चेहरे पर प्रसन्नता की दमक थी। खिड़की से मोटरगाड़ी के अन्दर बैठी उसकी माँ की आँखों पर बँधी सफेद पट्टी दिखाई दे रही थी।

बिचौलिया

एक लम्बे समय से वह, जो अपने में ही अकेला रहना सीख गया था, किसी दूसरे व्यक्ति के प्रति समर्पित होने की उत्कृष्ट इच्छा करने लगा था! बलिदान जैसी चीज की महत्ता को वह समझ गया था। इन्सानी जाति को भूत से भविष्य की ओर ले जाने हेतु एक छोटे से बीज के रूप में, स्वयं को तुच्छ मानने में भी संतुष्ट रहता। मनुष्य जाति में जब जन्म लिया है, तब विभिन्न पेड़-पौधों व खनिज-तत्वों के साथ इस ब्रह्मांड में तैरती एक लम्बी जिन्दगी को सहारा देने वाला वह एक छोटा-सा खम्बा है, और कुछ नहीं। इसी कारण, दूसरे जानवरों व पेड़-पौधों की तुलना में वह कोई अनोखी पहचान नहीं रखता, ऐसा वह मानता था।

"ठीक है क्या?"

उसकी चचेरी बहन ने आईने के ऊपर जल्दी-जल्दी सिक्का घुमाया

और हथेली से दबाकर, गंभीर चेहरे से उसे देखा। उसे लगा, चचेरी बहन के उन साफ हाथों में उसके दु:खी मन को सँभालने की जगह है।

चेहरे पर चमक के साथ वह बोला, ''टेल है।''

''टेल? परन्तु उससे पहले तुम्हें निर्णय लेना होगा। अगर टेल आया, तो तुम उससे शादी करोगे या नहीं?''

''चलो कर लूँगा।''

''अरे!... टेल आ गया!''

''ऐसा क्या?''

''क्यों ऐसा बेजान-सा जवाब दे रहे हो?''

बहन बहुत हँसी। लड़की की तस्वीर अचानक फेंक वह खड़ी होकर चल दी। वह बहुत हँसती है। एक बार हँसती है तो रुकने का नाम नहीं लेती। फिर घर के अंदर रहने वाले सारे मर्दों में एक अनोखी ईर्ष्या का संचार कर देती है।

लड़के ने तस्वीर उठाकर लड़की को देखा। उसने सोचा, इस लड़की से शादी करना ठीक रहेगा। दूसरों पर इस हद तक विश्वास रखनेवाली, अपने पिता या बड़े भाई के हाथों में अपना भाग्य सौंपकर शादी करनेवाली लड़कियाँ जापान में अभी भी शायद कई हैं। अपने छोटेपन पर जब उसकी आँखें खुलीं तो दुविधा में घिरे हुए उसे अपने से घृणा होने लगी।

''अपना जीवन-साथी ढूँढ़ने की बात पर, जरा गौर किया जाए तो अंतिम निर्णय तुम पर्ची निकालने जैसे सिक्के के अगले-पिछले भाग पर छोड़ रहे हो।'' उसने गौर किया कि अपना सारा भाग्य बहन की सफेद हथेली के नीचे पड़े सिक्के पर छोड़ने से, उसे अत्यंत ख़ुशी हुई थी; परन्तु जब उसे समझ में आया कि वह सब बहन का उसे चिढ़ाना भर था और कुछ नहीं तो उसकी सूनी आँखें बरामदे के आगे बने तलैया पर जा टिकीं।

उसने तलैया से प्रार्थना की कि अगर इस लड़की के अलावा किसी और को उसकी पत्नी बनना है तो वह उसकी तस्वीर उसे पानी में दिखाए। वह मानता है कि इन्सान समय और अंतरिक्ष के उस पार देखने की क्षमता रखता है। वह उस हद तक अकेला था।

एकाग्रचित्त हो पानी में देखती उसकी नजरों के सामने भगवान द्वारा जोर से फेंका गया काला पत्थर आकर गिरा है, ऐसा उसे महसूस हुआ।

पूँछ से जुड़ी दो गौरैया छत से गिरीं। पानी के ऊपरी सतह पर पंख फड़फड़ाती चिड़िया दो में बदल गई, और अलग-अलग दिशा में उड़कर चली गई। उसने इसे भगवान का फरमान समझा।

''ऐसा है क्या?'' वह बड़बड़ाया।

पानी के ऊपर की तरंगें शान्त हो गईं। वह एकाग्रचित्त तलैये को देखता रहा। उसका हृदय शान्त जल के ऊपरी भाग के शीशे के समान हो गया। वहाँ एक चिड़िया की छवि साफ झलक पड़ी। वह चिड़िया चहचहाई। उस आवाज का मतलब था :

'अरे उलझन में पड़े व्यक्ति! इस दुनिया की तुम्हारी पत्नी की छवि दिखाने पर भी तुम्हें विश्वास नहीं हुआ। इसलिए अगली दुनिया की तुम्हारी पत्नी की छवि तुम्हें दिखा रही हूँ।'

वह गौरैया से बोला, ''मैं शुक्रगुजार हूँ तुम्हारा। अगर तुम्हारे द्वारा दिखाई गई छवि के अनुसार अगली दुनिया में गौरैया के रूप में मुझे पैदा होना है, तो मैं इस लड़की से विवाह करने का निर्णय लेता हूँ! जिसने अगली दुनिया का अपना भाग्य जान लिया हो, वह इस दुनिया में उलझन में नहीं रहेगा। अगली दुनिया की सुन्दर एवं प्रतिष्ठित जीवन साथी ने इस दुनिया की शादी का सम्बन्ध स्थापित कर दिया है।''

और फिर उसने तस्वीर वाली लड़की को स्वच्छ दिल से प्रणाम किया और भगवान का बहुत-बहुत शुक्रिया अदा किया।

धन्यवाद

इस वर्ष पर्सीमम की फसल बहुत अच्छी हुई। पहाड़ों की शरद भी बहुत खूबसूरत दिख रही थी।

प्रायद्वीप के दक्षिणी छोर के एक बन्दरगाह पर सस्ती किस्म की मिठाइयों से सजे हुए विश्राम गृह की दूसरी मंजिल से एक वाहनचालक नीचे उतरा। उसने पीले रंग के वस्त्र पहने हुए थे। उसके गले की पट्टी बैंगनी रंग की थी। सामने बड़ी-सी लाल रंग की निश्चित समय पर चलने वाली सार्वजनिक गाड़ी खड़ी थी, जिसपर बैंगनी झण्डा फहरा रहा था।

माँ ने सस्ती मिठाई वाला पैकेट कसकर हाथ में पकड़ा और खड़ी होकर वाहनचालक को देखने लगी, जो बहुत सफाई से अपने जूतों के तसमें बाँध रहा था।

माँ ने उससे पूछा, "आज आपकी बारी है न, धन्यवाद जी! यदि

आप इस बच्ची को भी अपने साथ ले जाएँ तो इसका भाग्य खुल जाएगा। यह बहुत ही शुभ होगा।''

चालक ने पास में खड़ी लड़की की ओर देखा, लेकिन कुछ बोला नहीं।

''टालते रहने की भी कोई हद होती है न? ऊपर से सर्दियाँ भी आने वाली हैं। अधिक जाड़े में इस नादान बच्ची को दूर तक ले जाना भी बहुत कठिन लगता है। इसलिए मैंने तय किया है कि अधिक ठंड आने से पहले ही इसे छोड़ आना चाहिए।''

वाहनचालक अब भी चुप रहा। केवल अपना सिर हिलाते हुए किसी सैनिक की भाँति वह वाहन की ओर गया और अपनी सीट की गद्दी को सही ढंग से रखने लगा।

''माताजी, सबसे आगे बैठना, वहाँ पर झटके नहीं लगेंगे। रास्ता बहुत लम्बा है।''

साठ किलामीटर दूर, जहाँ उत्तरी रेलगाड़ी आती थी, उस शहर में माँ अपनी बेटी को बेचने जा रही थी।

वह लड़की पहाड़ी रास्तों पर झूलती हुई पास बैठे वाहनचालक के सही आचरण के कारण उसकी ओर आकर्षित हो गई। लड़की के लिए मानो वाहनचालक के पीले वस्त्रों में उसका पूरा संसार ही छिपा हुआ था। उसके कंधों के दोनों ओर पहाड़ों का सौंदर्य फैला हुआ था। उस वाहन को अभी दो ऊँची-ऊँची चोटियाँ पार करनी थीं।

''धन्यवाद।'' वाहनचालक ने साफ आवाज में जोर से कहते हुए, कठफोड़वे की तरह सिर झुकाया; फिर कुछ देर बाद लकड़ियाँ ढोती हुई एक घोड़ागाड़ी को पार किया। हॉर्न सुनते ही वह भी सड़क के किनारे हो गई।

''धन्यवाद!''

ठेलागाड़ी।

''धन्यवाद।''

रिक्शा।

''धन्यवाद।''

घोड़ा।

"धन्यवाद।"

दस मिनट में उसने लगभग तीस गाडियाँ पीछे छोड़ी होंगी; फिर भी उसकी शिष्टता में कोई कमी नहीं आई। यदि वह 400 किलोमीटर तक अत्यधिक तेजी से भी वाहन चला रहा होता तब भी उसके विनम्र स्वभाव में कोई अन्तर नहीं आता। सीधे खड़े देवदार के वृक्ष की तरह उसका यह आचरण भी सीधा और स्वाभाविक था।

तीन बजे के बाद बन्दरगाह से निकले हुए वाहन बीच रास्ते में अपनी बत्तियाँ जलाते थे। वाहन चालक का जब भी किसी घोड़ागाड़ी से सामना होता तो वह एक-एक करके सामने वाली बत्ती बुझा देता और फिर -

"धन्यवाद।"

"धन्यवाद।"

"धन्यवाद।"

60 किलोमीटर लम्बी इस सड़क पर घोड़ागाड़ी, ठेलागाड़ी के चालकों या घुड़सवारों में वह सबसे अधिक लोकप्रिय चालक था।

अड्डे के चौड़े मैदान में जब साँझ ढले गाड़ी रुकी तो लड़की उतरी। उसका पूरा शरीर काँप रहा था। उसे ऐसा महसूस हो रहा था, जैसे उसके पैर जमीन को नहीं छू रहे हों। उसने लड़खड़ाते हुए अपनी माँ को पकड़ा।

"जरा ठहरो।" कहते हुए माँ वाहनचालक के पीछे गई।

"यह बच्ची आपको पसन्द करती है। मेरी आपसे विनती है कि आप इसे स्वीकार कर लें। वैसे भी कल यह किसी अपरिचित के मन को बहलाने की वस्तु मात्र बन जाएगी। सच में, लड़की चाहे कोई भी हो, अगर आपकी गाड़ी में 40 किलोमीटर तक बैठकर आए तो ..."

अगली सुबह वाहनचालक, सस्ते होटल के कमरे से बाहर निकलकर, किसी सैनिक की तरह खुले मैदान को पार करता है। उसके पीछे माँ और बेटी भी छोटे-छोटे कदमों से दौड़ती हैं। गैराज से निकल बड़ी-सी लाल सार्वजनिक गाड़ी बैंगनी रंग का ध्वज फहराए, एक नम्बर की रेलगाड़ी की प्रतीक्षा कर रही थी।

बेटी अपने होंठ दबाते हुए गाड़ी में पहले चढ़ती है, स्नेहपूर्वक

वाहनचालक के काले रंग के आसन को सहलाती है। माँ सुबह की सर्दी के कारण अपने किमोनो की आस्तीन में सिकुड़ी हुई है।

"फिर से इस बच्ची को साथ लेकर लौटना होगा क्या? सुबह-सुबह ये भी रोई और आपने भी मुझे डाँटा। मेरी सहानुभूति से भी कोई फायदा नहीं हुआ। वापस ले जाने को कहते हो तो ले जाती हूँ, परन्तु इतना याद रखना, केवल बसंत तक। अभी तो मैं यह सोचकर धैर्य कर लूँगी कि भीषण सर्दी के मौसम में बच्ची को कैसे भेजूँ, परन्तु जब मौसम अच्छा हो जाएगा तो इसे घर में नहीं रख पाऊँगी।"

एक नम्बर की रेलगाड़ी तीन सवारियों को वाहन में बैठाकर चली गई।

वाहनचालक अपने आसन को ठीक करता है। लड़की नजदीक बैठे चालक के स्नेह से आकर्षित है। शरद की भोर की हवा उसके कंधों के दोनों ओर बह रही है।

वाहन घोड़ागाड़ी से आगे निकलता है।

"धन्यवाद।"

ठेलागाड़ी।

"धन्यवाद।"

घोड़ा।

"धन्यवाद।"

"धन्यवाद।"

"धन्यवाद।"

अपना शिष्ट व्यवहार अनेक बार दर्शाता हुआ चालक 60 किलामीटर लम्बा रास्ता तय कर प्रायद्वीप के दक्षिणी छोर से बन्दरगाह पर लौट आता है।

इस वर्ष पर्सीमम की फसल बहुत अच्छी थी। पहाड़ों की शरद बहुत सुन्दर थी।

जूते

एक घोड़ागाड़ी के भीतर पाँच वृद्ध महिलाएँ झपकी लेते हुए वार्तालाप कर रहीं थीं, "इस शीत ऋतु में संतरों की फसल बहुत अच्छी है।"

घोड़ा जैसे किसी घोघरा[1] का पीछा कर रहा हो, पूँछ हिलाते हुए भाग रहा था।

काँजो नामक वाहक अपने घोड़े से बहुत प्यार करता है। इस मार्ग पर आठ व्यक्तियों के बैठने योग्य घोड़ा-गाड़ी केवल काँजो के ही पास है। वह हमेशा अपनी घोड़ागाड़ी को मार्ग की सभी घोड़ागाड़ियों से साफ व सुन्दर रखने के लिए व्याकुल रहता है। पहाड़ी मार्ग पर घोड़े को कष्ट न हो, वह घोड़ागाड़ी से नीचे उतर जाता है। इस उतरने-चढ़ने के आनन्दभाव को वह हृदय में गर्व से महसूस करता है। अपने स्थान पर

1. समुद्री चिड़िया।

बैठे हुए गाड़ी के हिलने से उसे बच्चों का गाड़ी के पीछे लटके होने का आभास हो जाता है। वह चुपके से पीछे आकर बच्चों के सिर पर मारता है। इसलिए बच्चे काँजो की गाड़ी पर नजर भी सबसे अधिक रखते हैं, तो भय भी सबसे ज्यादा उन्हें इसी गाड़ी से होता है।

परन्तु आज न जाने किस कारण एक भी बच्चा हाथ न आया; अर्थात् बंदर के समान घोड़ागाड़ी के पीछे लटके किसी अपराधी को वह आज पकड़ नहीं सका। हमेशा वह बिल्ली की तरह घोड़ागाड़ी से उतरकर, चुपके से बच्चों के सिर पर मारता और गर्व से कहता–"बेवकूफ!"

वह फिर घोड़ागाड़ी से उतरता है। यह तीसरी बार थी। एक बारह–तेरह साल की लड़की, जिसके गाल गरमाहट से बिलकुल लाल हो गए थे, गाड़ी के पीछे तेज़ रफ्तार से दौड़ी चली आ रही थी। उसकी जुराब फिसल कर पैर के टखनों तक आ गई थी। उसके पैरों में जूते नहीं थे। काँजो उसे घूरकर देखता है। वह अपनी आँखें दूसरी तरफ फेर समुद्र की ओर देखने लगती है। फिर तुरन्त ही उसी गति से गाड़ी के पीछे चलने लगती है।

"धत्तेरे की!"

काँजो परेशानी और निराशा में जुबान को चटकाता है और वापस अपनी सीट पर चला जाता है।

इस बार वह कुछ नरमी से पेश आ रहा था। वह लड़की दिखने में इतनी अलग और तहजीब वाली लग रही थी कि काँजो को लगा, शायद वह समुद्र के किनारे बने आलीशान बंगलों में से किसी एक में मेहमान बन कर आई हो! यही कारण था कि वह उस लड़की के साथ नरमी से पेश आ रहा था।

तीन बार उतरने पर भी जब वह उसे पकड़ने में असफल रहा तो उसे अपने गुस्से पर काबू न रहा। वह लड़की लगभग एक किलोमीटर गाड़ी के पीछे लटककर तय कर चुकी थी। काँजो को इस बात पर इतना गुस्सा आया कि उसने गाड़ी की गति तुरन्त बढ़ा दी। अपने प्रिय घोड़े को तेज दौड़ाने के लिए चाबुक भी दे मारा उसने।

आखिरकार, घोड़ागाड़ी ने एक छोटे से गाँव में प्रवेश किया। घोड़ागाड़ी

बहुत तेज गति से दौड़ी जा रही थी। अबकी बार काँजो ने पीछे मुड़कर देखा कि वह लड़की खूब तेजी से पूरी जान लगाकर भागती हुई आ रही है। छोटे-छोटे बाल उसके कंधों पर बिखर आए थे। उसके एक हाथ में जुराब लटक रहा था।

कुछ देर बाद काँजो को महसूस हुआ कि वह लड़की दुबारा गाड़ी के पीछे लटक गई है। वह पीछे मुड़ा। पीछे लगे हुए शीशे से देखता है, जैसे लड़की सिकुड़ गई हो। पर जब वह चौथी बार गाड़ी से उतरा तो लड़की गाड़ी से थोड़ी दूरी पर पैदल चल रही थी।

''ऐ! तुम कहाँ जा रही हो?''

लड़की सिर झुकाए खड़ी रही, कुछ नहीं बोली।

''क्या तुम इसी प्रकार लटकते हुए बंदरगाह तक जाने की सोच रही हो?''

लड़की फिर भी कुछ नहीं बोली।

''क्या तुम्हें बंदरगाह जाना है?''

लड़की ने हाँ में सिर हिला दिया।

''अरे अपने पैरों को तो देखो, किस तरह खून से लथपथ हैं! हे भगवान! तुम तो बहुत ही जिद्दी हो, बहुत ही कठोर निश्चय वाली हो!'' ऐसा कहते हुए काँजो ने चेहरा बनाया।

''तुम अंदर क्यों नहीं आ जातीं? तुम्हारे पीछे लटकने से बेचारे घोड़े पर वजन पड़ता है। मैं विनती करता हूँ कि गाड़ी के अंदर आ जाओ। प्यारी बच्ची हो, बस, मुझे अब और पागल मत बनाओ।''

यह कहकर उसने लड़की के लिए दरवाजा खोल दिया। कुछ देर बाद जब काँजो ने पीछे मुड़कर देखा तो वह लड़की शर्म से सिर झुकाए बैठी हुई थी। वह इतनी शर्मिंदा लग रही थी कि उसने गाड़ी के दरवाजे में अटकी हुई अपनी स्कर्ट तक की परवाह न की। और वह विजयी भाव जो कुछ देर पहले तक साफ उसके चेहरे पर नजर आ रहा था, अब कहीं न था।

वापस लौटते वक्त भी लगभग बंदरगाह से एक किलोमीटर की दूरी पर अचानक वही लड़की घोड़ागाड़ी के पीछे चलती नजर आई। काँजो ने बड़े ही प्यार और तहजीब से उसके लिए दरवाजा खोल दिया।

''अंकल, मैं गाड़ी में बैठने से थक चुकी हूँ। मेरा अंदर बैठने का मन नहीं है।''

''अरे, पर अपने खून से लथपथ हुए पैरों को तो देखो! देखो तो तुम्हारी जुराब भी बुरी तरह खून से लथपथ है। खुद ही देखो। हे भगवान! बड़े कठोर दिल की लड़की हो।''

लगभग दो किलोमीटर तक चढ़ाई पर दौड़ने के बाद वे उसी पहले वाले गाँव में पहुँचे।

''अंकल, क्या आप मुझे यहाँ उतार देंगे?''

जैसे ही काँजो ने फुटपाथ की ओर देखा, तो पाया कि सूखी घास पर एक जोड़ी छोटे सफेद रंग के जूते ऐसे रखे थे जैसे कि दो सफेद फूल खिले हों।

''क्या तुम सर्दियों में भी सफेद जूते पहनती हो?''

''अरे भई, वह इसलिए कि मैं गर्मियों में यहाँ आई थी।''

लड़की ने जूते पहने और एक छोटे-से बगुले की भाँति बिना एक बार भी पीछे मुड़े पहाड़ी पर बने सुधार संस्थालय की ओर लौट गई।

बिलियर्ड्स

वह अपने दोस्त के साथ पहाड़ पर चढ़ा। पेड़ों के बीच जगह-जगह बने हुए किराए के बंगले पतझड़ के मौसम से ही बिलकुल बन्द पड़े हुए थे।

पहाड़ के बीचोबीच हलके आसमानी रंग का पश्चिमी शैली का एक भवन भी था दरवाजा खोलकर देखा तो सफेद कपड़े के नीचे बिलियर्ड-मेज स्थिर पड़ी हुई थी।

सफेद कवर से ढकी हरी मखमली गद्दी को देखकर होने वाली अनुभूति को शब्दों में बाँध पाना मुश्किल है। मन को ऐसी निर्मलता का एहसास हुआ मानो पानी का छिड़काव किया गया हो! निर्जन जगह है यह। तोक्यो के बिलियर्ड भवन में ऐसी अनुभूति एवं प्रेरणा देने वाला वातावरण कहाँ!

उसने पतले-लम्बे डिब्बे के ढक्कन को खोलकर टेढ़ा किया। चार

लाल-सफेद गेंदें ठक-ठक करती हरे मेज पर गिरीं।

"अरे, देखा तुमने, ये गेंदें किस तरह चुपचाप एक सीधी लाइन में लुढ़कती जा रही हैं! इस तरह सीधी लाइन में इनके लुढ़कने की समरूपता की सुन्दरता ही बिलियर्ड की कला का रहस्य तो नहीं?"

"मैं उस रहस्य तथा कौशल को देखने के लिए उतावला हूँ जो तुम्हें पर्वतीय जिन्न द्वारा भेंट की गई है।" दोस्त ने स्टिक उठाई और उन लाल-सफेद गेंदों पर तेजी से स्ट्रोक्स लगाने लगा।

उसके बाद उसने तीन अलग-अलग दिशाओं में खुलने वाली शीशे की खिड़कियों को धक्का देकर खोला। पहाड़ी लाल पत्तों के साथ अब बिलियर्ड-हॉल और विस्तृत एवं भव्य होने का अहसास दिलाया। फिर वह लम्बी कुर्सी पर चढ़कर घड़ी की चाबी घुमाने लगा।

"अरे, अब घड़ी में चाबी भी भरोगे क्या?"

"समय उधार लिया है, इसलिए यह मेरा नियम है। इस गर्म सोता में लगभग छः माह की अवधि में एक दिन भी अनुपस्थित हुए बिना निरन्तर आता रहा हूँ। सर्वप्रथम कवर को हटाकर डिब्बे से गेंदें निकालता हूँ, खिड़की खोलता हूँ, फिर घड़ी को चाबी देता हूँ। यही मेरे प्रत्येक दिन का क्रम है। अगर अभी इन नियमों का पालन नहीं किया तो एकाग्रतापूर्वक नहीं खेल पाऊँगा। सबसे बड़ी बात तो यह है कि एक बार घड़ी को चाबी देने से यह पूरे सप्ताह तक चलती रहती है।"

"तुम जल्दी नहीं खेलोगे क्या? ऐन मौके पर बेकार का इधर-उधर करना यह सिद्ध कर रहा है कि तुम एक मामूली एवं डरपोक खिलाड़ी हो। तुम्हारे द्वारा भेजे गए बिलियर्ड्स में महारत के तेईस पत्र पाकर ही मैं इतनी दूर से चला आया हूँ।"

"इस समय ऐसी छोटी बात करना जरूरी नहीं है। ऐसा भी तो हो सकता है कि तुम्हारी आशा के अनुरूप यहाँ आज कुछ भी न हो! विचित्र बात यह है कि जब भी मैं इस मेज पर खेलता हूँ, तब गेंद का भाग्य खराब हो जाता है। और जब अकेला अभ्यास करता हूँ, तब यह बिलियर्ड्स की मेज अद्भुत रूप से उत्तम बन जाती है। यह बिलकुल ही विचित्र बात है। इसलिए अगस्त में जब इस गर्म सोते पर बड़ी भीड़ रहती है तब मैं अत्यधिक कष्ट में रहता हूँ। सर्वप्रथम जब मैं यहाँ आया

था तब गणना 50 अंकों की थी। अगस्त तक तीन माह अभ्यास कर चुका था। जब अकेला होता हूँ तब 100 अंक भी प्राप्त कर लेता हूँ और इतना तो मुझे औसतन सात स्टिक्स से ही मिल जाते हैं। इसलिए स्वाभाविक है कि हाइ रन 780 हुए और औसत बना 340 अंक। 50 अंक बनाना कोई खास बात नहीं। इनका औसत 20 के करीब होगा। जब अकेला होता हूँ तो न जाने किस कारण गेंद का व्यवहार अत्यंत असामान्य एवं वेगपूर्ण हो जाता है जिसके कारण बिलियड्र्स की मेज के दाएँ-बाएँ घूमना भी कष्टपूर्ण हो जाता है। अगर ऐसा ही रवैया रहा तो 50 अंक का गेम खेलकर हारने का कोई मतलब नहीं, परन्तु न जाने क्यों मैं एकदम जीत नहीं पाता। निश्चित रूप से यह एक विचित्र बात है परन्तु ऐसा भी नहीं कि लोगों की भीड़ को देखकर मुझपर कोई प्रतिकूल प्रभाव पड़ता है। इसका प्रमाण यह है कि जब मैं इसी सराय के अतिथि के साथ एक कस्बे का भ्रमण कर रहा था, तब मैंने वहाँ खेल का इतना अद्‌भुत प्रदर्शन किया कि वहाँ के युवकों ने कहा कि मैं अपने वास्तविक अंक छिपा रहा हूँ। मैंने क्रोधित होकर 70 अंक बना लिए और मैं विजयी होता ही गया। देहात होने के कारण अंको का प्रभाव भी अनुकूल होता है; परन्तु संग गए अतिथि मेरे संघर्ष करने की शक्ति देखकर अचम्भित हो गए थे। फिर जब लौटकर इस बिलियड्र्स की मेज पर खेला तो हार गया। कुछ भी कर लूँ, पर गेंद का भाग्य नहीं बदलता है, अर्थात् मेरे अनुकूल नहीं होता है। एक बेकार एवं नापसंद खिलाड़ी के साथ भी सफल नहीं हो पाता। शरद ऋतु की शुरुआत में लगभग एक सप्ताह के लिए किराए के बंगले में आई युवा महिला अत्यन्त मनोहर प्रतिस्पर्धी थी; परन्तु फिर भी भाग्य ने साथ नहीं दिया। ऋतु के पुरजोर आगमन के समय यहाँ कोई न था। केवल मैं अकेला रह गया था। तब मुझे ऐसा अनुभव हुआ जैसे कि ये चार गेंदें मेरे शरीर की नाड़ियाँ हों! परन्तु वही फिर प्रतिद्वन्द्वी के समक्ष बिलकुल व्यर्थ प्रतीत होती हैं। आखिरकार मैं इस मेज पर शायद खेल ही नहीं सकता, क्योंकि मैं छः माह में चार माह तो अकेला ही खेलता हूँ। अगर इस प्रकार सोचें तो क्या तुम यह अनुभव नहीं करोगे कि इस बिलियड्र्स की मेज पर किसी आत्मा का प्रभाव है? इसलिए यह सोचकर कि जब

अकेला होऊँगा, तो शायद सफल हो जाऊँ, अकेले होने के समय के सभी नियमों का पालन करते हुए घड़ी में चाबी भरता हूँ।

''तुम .....'' मित्र हँसता है, ''इसलिए तुम इस मेज से प्यार करते हो।''

''बेशक प्रेम करता हूँ।''

''अर्थ भिन्न है। तुम इस बिलियर्ड्स की मेज को प्राप्त करना चाहते हो, इस पर अपना अधिकार जमाना चाहते हो।''

मुस्कान

मैं अचनाक रुक गया। जब रात का एक निश्चित समय करीब आता है तो उएनो की चौड़ी सड़क पर बड़ी दुकानों के बन्द दरवाजे देखकर ऐसा अनुमान लगाया जा सकता है कि इन दरवाजों को बन्द हुए दो घण्टे बीत चुके हैं। बड़ी दुकान की ओर पीठ किए, मैं सड़क के किनारे पटरी पर लगे हुए चश्मों और पटाखों की दुकान के सामने खड़ा था। शाम से रात तक यातायात की भीड़भाड़ को देखती आ रही नजर के लिए बड़ी दुकानों से लेकर छोटी-छोटी फेरी तक फैली हुई इस चौड़ी सड़क का खाली होना और लोगों का उसके बीचोबीच चलना आश्चर्यजनक होने के साथ-साथ सड़क की चौड़ाई को और भी बढ़ा रहा था। वह एक ऐसी अँधेरी रात थी जिसमें जैसे-जैसे देरी तक काम करके घर लौट रहे लोगों की परछाइयाँ एक-एक करके कम हो रही थीं, वैसे-वैसे गीली मिट्टी का रंग और भी गहरा होता जा रहा था और कूड़े में फेंके

इधर-उधर उड़ते हुए कागज के टुकड़ों का रंग और भी सफेद होता जा रहा था। देर रात तक खुलने वाली दुकान का मालिक भी अपनी कार में घर लौट रहा था।

पटाखों की दुकान में भाँति-भाँति के पटाखे लाल रंग में सजाए गए थे; जैसे - 'खुली अगरबत्तियाँ', रँगे हुए लिफाफे में 'पूर्वी-जापान का पिओनी वृक्ष' या 'बर्फ-चाँद-फूल' 'धरती का बारूद', 'तिरंगे चीड़ के पत्ते' आदि-आदि। चश्मों की दुकान पर भी तरह-तरह के चश्मे थे - 'दूर की नजर के चश्मे', 'नजदीक के चश्मे', 'रंगीन चश्मे', 'चाँदी, सोने, ताँबे आदि फ्रेम वाले चश्मे', 'कछुए की खोपरी से बने फ्रेम के चश्मे'। इनके अतिरिक्त 'दूरबीन', 'धूल दूर रखने के चश्मे', 'तैराकी के चश्मे' वगैरह भी थे; परंतु मैं पटाखे या चश्मे की दुकानों को नहीं देख रहा था।

ये दोनों दुकानें एक दूसरे से लगभग आठ मीटर की दूरी पर थीं। क्योंकि सजाए हुए सामान के सामने कोई भी खरीदार नहीं था, दोनों दुकानों के दुकानदार अपनी-अपनी दुकानें छोड़कर बीच में आकर बैठ गए थे। चश्मे की दुकान के मालिक ने पाँच मीटर की दूरी तय की थी तो पटाखे की दुकान की मालकिन तीन मीटर की दूरी पर ही बैठी थी। यह शायद इसलिए कि उसने खिसकते-खिसकते अपनी बैठने की गद्दी भी साथ में खिसकाई थी, जबकि चश्मे की दुकान वाले लड़के ने बिना किसी परवाह के अपना आसन दुकान पर ही छोड़ दिया था।

लड़का अपने पैरों के पंजों के सहारे एड़ियों को ऊपर उठाए बैठा था। बाएँ घुटने पर उसने बाईं कोहनी रखी थी जिस पर उसके झुके हुए शरीर के ऊपरी हिस्से का पूरा वजन था। उसने पैरों के बीच दाहिने हाथ में एक छोटी-सी बाँस की डण्डी पकड़ रखी थी जिससे वह हलके से काली मिट्टी पर उत्साहपूर्वक कुछ लिख रहा था।

वह लड़की काफी ध्यान से लड़के द्वारा लिखे गए शब्दों को ऊपर से नीचे तक पढ़ रही थी। उसका आसन नीचा था और शायद उसकी चप्पल एड़ी वाली थी, इसलिए उसने अपनी टाँगें आगे की ओर फैलाई हुई थी। दोनों फैले हुए घुटनों के बीच एप्रेन लटक रहा था। उसके शरीर का ऊपरी हिस्सा इस हद तक झुका था कि प्रतीत हो रहा था, उसके

वक्ष घुटनों से दब गए होंगे। दोनों हाथों से घुटनों को घेरते हुए उसने अपनी हथेलियाँ पैरों के ऊपर टिका रखी थीं। उसके वस्त्र पसीने से भीग गए थे। और सिर का जूड़ा भी थोड़ा ढीला हो गया था। घुटनों के ऊपर रखने से उसका वक्ष उभरा हुआ था, हालाँकि उसका सीना ढका हुआ था।

उसके बैठने का ढंग और लड़के का बाँस से धरती पर कुछ कुरेदने की प्रक्रिया को देखते-देखते मैं वहाँ ठहर-सा गया। सरसरी नजर से देखने पर, लिखे हुए अक्षरों को समझना आसान न था। निसंदेह लड़का लिखे हुए अक्षरों को मिटाने की कोशिश किए बगैर एक के ऊपर एक अक्षर लिखता जा रहा था। फिर भी ऐसा प्रतीत हो रहा था कि लड़की सब कुछ पढ़ पा रही थी। जब वे दोनों, लिखे हुए शब्दों का अर्थ थोड़ा बहुत समझ लेते तो अनायास ही उनकी नजरें मिल जातीं। परंतु इससे पहले कि वे नजरों से कुछ कहते या मुस्कुराते, लड़की दुबारा अपनी नजर झुका लेती और लड़का फिर लिखना आरम्भ कर देता।

पटाखों के दुकानदार की बेटी एक गरीब खानदान से थी, इसलिए उसकी कमर भी उसके हाथ की उँगलियों की तरह बहुत पतली थी। बस, उसकी लम्बाई आयु की अपेक्षा जल्दी बढ़ गई प्रतीत होती थी।

लड़के ने मुश्किल से तीन चार नए अक्षर लिखे होंगे कि अकस्मात ही लड़की अपनी टाँग के पिछले हिस्से पर रखे हुए बाएँ हाथ को बढ़ाते हुए लड़के का बाँस छीनने का प्रयत्न करने लगी; परन्तु लड़के ने जल्दी से हाथ पीछे खींच लिया। उनकी नजरे मिलीं। किन्तु हैरानी की बात यह थी कि न तो उन्होंने एक दूसरे से कुछ कहा और न ही उनके चेहरे पर कोई नए भाव ही उभरे। लड़की ने एक बार फिर अपनी टाँग के पीछे हाथ रख लिया। जब लड़के ने अपना हाथ पीछे खींचा तो उसने अपनी एड़ी भी धरती पर टिका दी और दुबारा उन्हें नहीं उठाया। दोनों घुटनों को एक दूसरे से और दूर करते हुए, जैसे ही वह कुछ लिखने लगा कि लड़की ने स्फूर्ति से अपना हाथ एक बार फिर आगे बढ़ाया, परंतु लड़का उससे भी ज्यादा तेज निकला। हारकर जैसे ही लड़की अपने मन को सांत्वना देते हुए हाथ वापस टाँग पर रखने को हुई कि एक क्षण के लिए उसने चेहरा घुमाते हुए ऊपर उठाया और मेरी ओर

देखा। वह अचानक मुस्कुराई। हड़बड़ी में मैं भी मुस्कुरा दिया।

उसकी मुस्कुराहट मेरे हृदय को छू गई। कुछ देर तक उन दोनों की हरकत देखने से मेरे मन में दबी मुस्कुराहट लड़की की मुस्कुराहट से आमंत्रित हो, मेरे होंठों तक आ गई थी। बिलकुल मासूम मुस्कुराहट थी वह।

लड़की की नजरों का पीछा करता हुआ लड़का भी मुझे देखने लगा।

शायद उसे मेरी शरारत-भरी मुस्कुराहट बुरी लगी। उसके चेहरे का भाव कठोर हो गया। मैं मायूस-सा हो गया। लड़की का चेहरा भी लाल हो गया। घबराहट में वह अपने बाएँ हाथ से जूड़ा ठीक करने लगी। ऐसा करने से उसका चेहरा किमोनो की बाजू से छिप गया। यह सब कुछ ही क्षणों की बात थी। लड़की का दुबारा लड़के के हाथ से बाँस छीनने की चेष्टा करने से ले कर अब तक बस कुछ ही क्षणों में यह सब हो गया था।

लड़के के द्वारा मेरे प्रति हलका प्रतिरोध व्यक्त करना एवं किसी के रहस्य को चुराने से उत्पन्न हुई शर्मिंदगी के साथ मैंने अपनी चाल थोड़ी बदली।

चश्मे वाले दुकानदार जी! भई, माफ करना। वैसे तुम्हारी ईर्ष्या की भावना समझी जा सकती है। मुमकिन है कि तुम्हें इस बात का आभास भी न हो। परंतु पटाखों वाली लड़की तुम्हारे कारण ही शर्म से अपना मुँह छिपा रही है। रात के मेले में खिली हुई यह मुस्कुराहट शायद मैंने तुमसे चुराई है। निस्संदेह तुम्हारी नजरें मिलने पर भी तुम बहुत संजीदगी से भावहीन-सा लिख रहे थे। असल में लड़की की वो मुस्कुराहट तुम्हारे लिए ही थी। यदि मैं बीच में न आता तो शायद तुम उसकी मुस्कान का जवाब देते। यदि ऐसा है तो जब तक लड़की के पिता या भाई उसे लेने नहीं आते, तुमने लोगों की नजरों से बचकर जो क्षण चुराए हैं, उनमें लड़की की तरह मासूम हँसी के बाद शरारत भरी मुस्कान और चेहरे के कठोर हाव-भाव क्या संभव नहीं? वैसे तो तुम चश्मे के व्यापारी हो परंतु तुम्हारा हृदय-रूपी चश्मा काफी धुँधला एवं बिगड़ा हुआ है। यही सब कल रात भी होगा और फिर शायद परसों रात भी। एक के बाद एक

करके सैकड़ों शब्द लिखकर तुम धरती को खोद-खोदकर उसकी गहराई तक भी पहुँच सकते हो।

और तुम! पटाखों के दुकानदार की बेटी! बायाँ हाथ इस्तेमाल करने वाली लड़की! यहाँ तक तो सब ठीक है, परंतु यदि लड़के द्वारा लिखे गए शब्दों से धरती के दूसरे छोर तक खोदे गए कुएँ को नीचे तक इसी तरह संजीदगी से देखती रहोगी तो कहीं चक्कर खाकर तुम उस कुएँ में ही न गिर जाओ। कुएँ में गिरना बेहतर है या न गिरने का प्रयास करना? यूँ भी हो सकता है कि तुम्हें लेने आए तुम्हारे पिता या भाई चश्मे के व्यापारी के बारे में सोचते हुए, सोते हुए शहर की इस सड़क से आहिस्ता-आहिस्ता वापस चले जाएँ; परन्तु एक पल के लिए ये सब सोच-विचार छोड़, तुम यह क्यों नहीं सोचतीं कि तुम्हारी दुकान में पड़े हुए 'पूर्वी जापानी पिओनी वृक्ष' या 'बर्फ-चाँद-फूल' या 'धरती का बारूद'; 'तिरंगे चीड़ के पत्ते' नामक पटाखों को एकसाथ छोड़कर तुम इस सूनी रात को एक रंगीन रात में बदल सकती हो। यदि ऐसा तुम कर सको तो हो सकता है, उनकी चकाचौंध से घबराकर शायद यह लड़का भी भाग जाए!

झगड़े

अपनी पूरी रवानी पर लाल पत्तों से लदे उमे[1] वृक्ष के झरोखे से झाँकता हुआ नीला समुद्र, जिसकी सतह से ऊष्म तरंगें उठ रही थीं।

"तोक्यो में ......" दुल्हन ने कहा।

"गाँव में मैं अक्सर सुनती थी कि तोक्यो में एक भी शराबी नहीं है। हो भी तो उन्हें सड़क पर चलने की इजाजत नहीं है। अगर शराब पीकर कोई भी सड़क पर चल रहा हो तो शीघ्र ही पुलिस पकड़कर ले जाती है। केवल इसी वजह से मैं बचपन से सोचती थी कि तोक्यो कितना अच्छा होगा! परन्तु जब यहाँ आकर देखा तो, शराबी ......" वह खुशी से हँस पड़ी। अपने इन आनन्दमय क्षणों में शायद उसे सड़क पर मिला वह अजीब-सा शराबी याद आ गया होगा या पिता की शराब में डूबी दुर्दशा याद आ गई।

1. खूबानी जाति का पर्णपाती वृक्ष।

''परन्तु तोक्यो में पति-पत्नी के झगड़े जैसी चीज तो है ही नहीं न!''

''है?'' पति ने आश्चर्यचकित हो दुल्हन के मासूम एवं गंभीर से चेहरे को देखते हुए कहा, ''अगर इस संसार में कोई ऐसी जगह है, जहाँ दाम्पत्य कलह न होता हो, तो जरूर उस देश में विवाह करने की प्रथा नहीं होगी!''

''तोक्यो में आए दो वर्ष हो गए हैं, परन्तु गाँव के समान पति-पत्नी का झगड़ा एक बार भी देखने को नहीं मिला। जरूर तोक्यो के लोग जरा ज्यादा ही समझदार और सहनशील होंगे।''

''ओह, ऐसी बात है क्या? इसे शहर का दुर्भाग्य भी कह सकते हैं कि पति-पत्नी खुलकर झगड़ भी नहीं सकते। गाँव के लोग कितने भाग्यशाली हैं जो इतनी ऊँची आवाज में, बेफिक्र लड़-झगड़ सकते हैं ताकि पड़ोसी भी सुन सकें या फिर लोग भी इकट्ठा हो सकें। तोक्यो में वह खुला माहौल कहाँ। यहाँ हर चीज घर की चारदीवारी के अन्दर घुट कर रह जाती है।''

दुल्हन का संदेहशील मुख देखकर पति थम गया।

''हाथ कंगन को आरसी क्या, पढ़े लिखे को फारसी क्या! यहाँ सराय के इस अलग कमरे में कोई देखने वाला भी नहीं, इसलिए चलो, आओ अपनी हनीमून की यादगार को खास बनाते हैं।''

उसने अचानक पत्नी के स्तन पकड़ लिए और धीरे-धीरे अपनी ओर खींचते हुए कहने लगा, ''मेरा विरोध करो, विरोध करो। देखो ऐसा तो तोक्यो जाकर कतई संभव नहीं होगा।''

दुल्हन पहली बार पुरुष के इस आक्रमक रूप को देख पीली पड़ गई, फिर अपने शरीर को झटके से हटाते हुए यूँ मुड़ी कि उसके बाल खुल गए और वह रोती हुई पति को मारने लगी।

''कहो, कैसा लगा? कुछ सुकून मिला क्या?''

दुल्हन ने रुआँसे चेहरे पर हलकी-सी मुस्कुराहट लिए शर्म से जब अपनी आँखें झुकाई, तो उसे ऐसा महसूस हुआ, जैसे नीले समुद्र की गर्म लहरें उसके शरीर में भी प्रवाहित हो रही हों! उसे एक अद्‌भूत खुशी का एहसास हुआ।

चेहरा

वह बालिका छः-सात साल से चौदह-पन्द्रह वर्ष की उम्र तक रंगमंच पर केवल विलाप ही विलाप करती थी। उस समय उसकी चीत्कार से ऐसा लगता मानो सम्पूर्ण प्रकृति व वहाँ उपस्थित सभी श्रोतागण भी नन्ही बालिका के शोक में संतप्त हैं।

'जब वह दुःखी होगी, सारा संसार भी उस समय दुःख के सागर में गोते लगा रहा होगा', जीवन को समझने का उस कन्या का यही दृष्टिकोण बन गया था। उसे ऐसा प्रतीत होता था कि उसके रोने व चीखने-चिल्लाने तथा रंगमंच के अभिनय से प्रभावित होकर सम्पूर्ण मनुष्य-जाति के मुख पर दुःख की परछाईं छा जाती है। समस्त मानव समाज में ऐसा एक भी मुख नहीं था जिससे वह अपरिचित हो। सकल संसार के चेहरे को वह कन्या सरलता से पहचान व समझ लेती थी।

इस मण्डली में ऐसा मनोहर एवं सुन्दर बाल कलाकार के समान

इतने विशाल श्रोतागण को इस प्रकार प्रभावित करने वाला कलाकार कोई अन्य न था।

परन्तु सोलह वर्ष की बाल्य अवस्था में उस कन्या ने एक कन्या शिशु को जन्म दिया। उस समय उस शिशु कन्या के पिता ने उससे कहा, ''इस कन्या और मेरे बीच कोई समानता नहीं है। यह मेरी कन्या नहीं है। अत: मैं इसे नहीं जानता।''

उसने भी प्रत्युत्तर में कहा, ''समानता तो मेरे साथ भी नहीं है, परन्तु है तो यह मेरी ही कन्या।''

उसे पहली बार शिशु कन्या का चेहरा ऐसा लगा जिससे वह अपरिचित हो या जिसे समझना कठिन हो।

कदाचित यह कहना अनुचित नहीं होगा कि शिशु को जन्म देने के साथ ही उसका बाल कलाकार रूपी चरित्र एवं जीवन भी समाप्त हो गया। अब उसे आभास हुआ कि रंगमंच पर शोकजनक कला का प्रदर्शन सार्थक तथा यथार्थ जीवन के बीच कितनी बड़ी दरार है। अगर इस दरार में झाँके तो अज्ञानता का अँधेरा था। उस अज्ञानता के अँधेरे से उसे यह स्पष्ट होने लगा कि उसकी कन्या के समान अपरिचित न जाने कितने मनुष्य पर्याप्त संख्या में वहाँ उपस्थित हैं।

जीवन के सफर में वह अपनी बच्ची के पिता से अलग हो गई। समय बीतने के साथ-साथ उसे लगने लगा कि कन्या का मुख उसके बिछुड़े हुए पति के समान है।

शीघ्र ही उस कन्या ने भी बाल कलाकार के रूप में, उसके बालपन की भांति श्रोतागण को प्रभावित करना आरंभ कर दिया।

जीवन के इस सफर में वह अपनी कन्या से भी बिछुड़ गई। बिछुड़ने के पश्चात उसे प्रतीत होने लगा कि उसकी कन्या उसके समान दिखती थी।

एक कस्बे के किसी रंगमंच की कोठरी में अचानक दस वर्षों बाद उसकी अपने पिता से, जो स्वयं भी भ्रमणशील समुदाय के कलाकार थे, मुलाकात हो जाती है और उसे उसकी माता के निवास-स्थान का पता चलता है।

अपनी माँ से मिलते ही उसके मुख से एक स्वर फूटा, ''आह!''

और वह माँ से लिपट गई। उसकी आँखों से अश्रुधारा बह निकली। जन्म के पश्चात पहली बार वह माँ से मिली थी और पहली बार वास्तविक रूप से आँसू बहा रही थी।

उसकी बिछुड़ी कन्या के मुख की छवि उसकी अपनी माता के समान थी। जिस प्रकार वह अपनी माता के समान नहीं थी, उसी प्रकार उसकी अपनी कन्या की छवि भी उसके समान न थी। किन्तु नानी और नातिन हमशक्ल थीं।

अपनी माँ से लिपट कर रोते हुए उसे यह अनुभव हुआ कि अन्ततः वह बाल-कलाकार रूपी बालिका आज वास्तविक व सार्थक रूप में दुःखी है। वह रो रही है।

अब जैसे किसी धार्मिक स्थल की तीर्थ यात्रा के लिए प्रस्थान कर रही हो, उसी प्रकार मन में इस इच्छा के साथ कि कहीं अपनी पुत्री तथा उसके पिता से अचानक मिलेगी व अपने हृदय तथा मुख से चेहरों की एकरूपता तथा उससे जुड़ी सारी भावनाओं का वर्णन करेगी, वह पुनः अपने समुदाय की ओर लौट गई।

इतिहास

उस पहाड़ी क्षेत्र के गाँव से एक भव्य सड़क निकलती थी। इस सड़क का उद्देश्य मनोहर गाँव न होकर, उसके दक्षिणी पर्वत से गुजर कर प्रायद्वीप को पार करना था। इस सड़क के निर्माण के समय कुछ इस प्रकार की अफवाह थी कि कुछ ही समय में युद्ध शुरू होने वाला है। यह प्रायद्वीप के दक्षिणी छोर पर, युद्ध-शस्त्र और सैनिकों को लेकर जाने के लिए बनाई गई सड़क है।

गाँव के लोगों को हमेशा की तरह चट्टान को पार कर, झूला सेतु से पर्वतीय नदी के साथ-साथ गर्म सोता के लिए जाना पड़ता था। वह गर्म सोता पर्वतीय नदी के साथ होने की बजाय, उसके भीतर था।

युद्ध-शस्त्र तो अभी तक नहीं गुजरे परन्तु गाड़ी में बैठकर एक अमीर व्यक्ति जरूर आ पहुँचा। वृद्ध अमीर व्यक्ति ने बताया कि उसे इस पर्वतीय नदी में पड़े कई सफेद, साफ पत्थरों की चिकनाहट पसंद

आ गई है, इसीलिए उसने वहाँ, एक अवकाश गृह बनाया। उसने स्रोत से गर्म जल को अवकाश गृह तक लाने के साथ-साथ गाँव के बीचोबीच स्थित पहाड़ी आडू के पेड़ के नीचे तक खींच, एक सार्वजनिक जलाशय भी बनवाया। और फिर, उसे 'यामामोमो नो यु' का नाम दिया। रात में पहाड़ी आडू के फल के अचानक छत्त पर गिरने की अवाज से गर्म सोता के बीचोबीच नहाती बच्ची उछलकर बाहर आ गई।

इसके अतिरिक्त बूढ़े व्यक्ति ने पर्वतीय नदी के साथ-साथ लगी एक छोटी सड़क भी बनवाई। गर्म जल के स्रोत को चौड़ा करवाकर एक कंकरीट का पक्का जलाशय बनवाया। इसके ऊपर, पर्वतीय नदी के किनारे जहाँ चाय की जंगली पत्तियाँ और लम्बी घास ही उगती थी, उनको खरीदने का प्रस्ताव भी रखा। फलस्वरूप गाँव वाले और प्रसन्न हो उठे।

करीबन दस साल बाद बूढ़े व्यक्ति ने गर्म जल के स्रोत को 90.9 से. मी. तक बारूद से उड़ाकर खोदना शुरू कर दिया। बेशक वह उसकी जमीन थी। गर्म जल के स्रोत का मुख शीघ्र ही बेकार हो गया, उसका जल और ठंडा पड़ गया। बूढ़े व्यक्ति के खोदे तालाब से नरक के अग्निकुंड की भाँति भाप निकलने लगी। गाँव वाले एक-दूसरे के चेहरे देखने लगे और फिर उसके अनेकों एहसान तले दबे बूढ़े के घर जा पहुँचे।

बूढ़ा व्यक्ति हँसा, "इस बात से चिन्ता करने की कोई आवश्यकता नहीं है। मैं गाँव के गर्म जलाशय को खोदकर और बड़ा बनवा रहा हूँ ताकि हजार आदमी एकसाथ जलाशय का इस्तेमाल कर सकें।"

बिलकुल वैसा ही हुआ। नया गर्म जलाशय सेतो[1] की चीजों से बना था। स्नानागृह की छत्त के ऊपर का भाग बारह चटाइयों[2] के बराबर का एक श्रृंगार-गृह बनाया गया था।

और फिर बूढ़ा व्यक्ति गाँव वालों द्वारा लाकर दी गई ताजी सब्जियों को सराहते हुए अपने अवकाश-गृह में पर्वतीय नदी के दृश्य की प्रसंशा

1. जगह का नाम।
2. जापान में कमरे के माप के लिए चटाई के परिमाप का प्रयोग होता है।

में चीनी कविताएँ और हाइकु रचता। पुराना गर्म जल स्रोत जैतून के वृक्ष से गिरी पत्तियों के नीचे दब गया।

जब वह बूढ़ा व्यक्ति मर गया तो गाँव वालों ने उसका स्मारक बनाया।

अनावरण समारोह के दिन बूढ़े का पुत्र आ पहुँचा। अभी पंद्रह दिन भी नहीं हुए थे कि उसने गर्म सोता अवकाश गृह बनाना आरम्भ कर दिया। संयुक्त जलाशय चारदीवारी के बीच में ले लिया गया और अवकाश गृह के भीतर का एक हिस्सा बन गया।

गाँव वाले फिर हैरानी से एक-दूसरे की ओर ताकने लगे। उस पर बूढ़े व्यक्ति का पुत्र व्यंग्यपूर्ण हँसी हँसने लगा।

गाँव वाले बोले, ''यह पुत्र अपने पिता से बिलकुल विप्रद्दीत है। यह मालिक के दिल की बात भी नहीं जानता...''

''हूँ। मैं अपने पिता का पुत्र हूँ, मैं अपने पिता के समान कायर नहीं हूँ। आड़ में मैं अपने पिता के समान छल-फरेब नहीं करूँगा।

''सब व्यर्थ है। मालिक की बनाकर दी गई राह पर चलना भी गँवारा नहीं होगा।''

''कीड़े के बच्चो! वह सड़क तो केवल साइकिल के जाने लायक है। अगर आज पहली बार तुम्हें आश्चर्य हो रहा हो तो अभी अपनी आँखें खोलो और चार पहिया गाड़ियों के गुजरने लायक सड़क बनाने के लक्ष्य पर गौर करो।''

●●●

डा॰ उनीता सच्चिदानन्द द्वारा रूपान्तरित, अनूदित, सम्पादित व रचित और राजकमल प्रकाशन द्वारा प्रकाशित जापानी साहित्य

(मूल और अनूदित शीर्षक हिन्दी व जापानी में)

जापानी लोककथाएं : तसवीर का फेर

日本の民話:タスワィール カ フェール

1. 絵姿女房 (एसुगाता न्योबो)	1. तसवीर का फेर (タスワィールカ フェール)
2. 猿地蔵 (सारु जिजो)	2. नदी में देवता (ナディーメデワタ)
3. やまた のおろち (यामाता नो ओरोची)	3. छाए बादल (チャーエバダル)
4. 七夕 (तानाबाता)	4. तानाबाता (タナバタ)
5. 一寸法師 (इस्सुनबोशी)	5. इस्सुन बोशी (イッスンボシ)
6. 桃太郎 (मोमोतारो)	6. मोमोतारो (モモタロ)
7. 古屋のもり (फुरुया नो मोरी)	7. टप-टप गुम्बा (タプタプグッムパ)

जापानी लोककथाएं :लोमड़ी की जपमाला

日本の民話:ロムリーキージャプマラー

1. 天福地福 (तेन्बुकुजिबुकु)	1. सपना सच हुआ (サプナサッチフア)
2. 鷹鰕鮫 (ताका एबी सामे)	2. बड़ा कौन (バラコウン)
3. 狐の玉 の取り合い (खित्सुने नो तामा नो तोरिआइ)	3. लोमड़ी की जपमाला (ロムリーキー ジャプマラー)

4.	木仏長者 (किबोतोके चोजा)	4. विश्वास का बल (ワィスワース カバール)
5.	宝下駄 (ताकारा गेता)	5. लुढ़कता खड़ाऊँ (ルラクタカラウン)
6.	五得の教え (गोतोकु नो ओशिए)	6. एक एहसान बढ़ा पांच मान (エクエヘサン バラパンチマン)
7.	鴇の卵 (तोकी नो तामागो)	7. बुज्जा का अण्डा (ブッジャーカアンダ)

पांच चोर

नीइमी नानकिचि

パンチ チョール

新美南吉

1.	花のき村と盗人たち (हानानोकिमुरा तो नुसुबितोताची)	1. पांच चोर (パンチチョール)
2.	おじさんのランプ (ओजीसान नो राम्पु)	2. दादाजी की लालटेन (ダダジキラルテン)
3.	ごんぎつね (गोन गित्सुने)	3. गोन लोमड़ी (ゴンロムリー)
4.	手袋を買いに (तेबुकुरो ओ काई नी)	4. दस्ताने (ダスタネ)

मेरी दीदी: ओका शूज़ो

メリーディーディー

丘 修三

1.	ぼくのお姉さん (बोकु नो ओनेसान)	1. मेरी दीदी (メリーディーディー)
2.	歯型	2. दांतों के निशान

(हागाता)	(ダントウケーニシャン)
3. 首かざり (कूबी काज़ारी)	3. माला (マラー)

वाशिंगटन पोस्टमार्च: ओका शूज़ो *

ワシングトンポスト.マーチ

丘修三

1. あざ (आज़ा)	1. नीले धब्बे (ニレーダッベ)
2. こおろぎ (कोओरोगी)	2. झींगुर (ジーングル)
3. ワシントンポスト マーチ (वाशिनटोन पोसुतोमाचि)	3. वाशिंगटन पोस्टमार्च (ワシングトンポスト マーチ)

* अनुवाद योशिको ओकागुची , सम्पादन: डा॰ उनीता सच्चिदानन्द

राक्षस फूट-फूट कर रोया

हामादा हिरोसुके, त्सुबोता जोजी ,मुशानोकोजी सानेआत्सु,

ラクシャシ フートフート カルロヤ

浜田廣介, 坪田譲治, 武者小路実篤

1. 泣いた赤鬼 (नाइता आका ओनी)	1. राक्षस फूटफूट कर रोया (ラクシャシフートフートカルロヤ)
2. ある島の狐 (आरु शिमा नो खित्सुने)	2. एक द्वीप की लोमड़ी (エクデュイープキロムリー)
3. 狐解葡萄 (खित्सुने तो बुदो)	3. लोमड़ी और अंगूर (ロムリーオウルアングール)
4. 小学生と狐 (श्योगाकुसेइ तो खित्सुने)	4. लोमड़ी की सीख (ロムリーキシーク)

जलपरी

ओगावा मिमेइ, शिमाज़ाकी तोसोन, कोजिमा मासाजिरो

ジャルパリー

小川未明, 島崎藤村,小島政二郎

1.	赤いろうそくと人形 (आकाइ रोसोकु तो निन्ग्यो)	1.	जलपरी (ジャルパリー)
2.	殿様の茶碗 तोनोसामा नो चावान)	2.	कटोरी (カトリー)
3.	二人の兄弟 (फुतारी नो क्योदाइ)	3.	दो भाई (ドバイー)
4.	笛 (फुए)	4.	बांसुरी (バンスリー)

जंगली गुलाब

मियाज़ावा केन्जी , आवा नावाको , ओगावा मिमेइ

ジャンギリーグラブ

小川未明, 宮沢賢治, 安房直子

1.	野ばら (नोबारा)	1.	जंगली गुलाब (ジャンギリーグラブ)
2.	白い門のある家 (शिरोइ मोन नो आरु इए)	2.	सफेद फाटक का एक घर (サフェーデュファタクカエクガール)
3.	月夜と眼鏡 (त्सुकियो तो मेगाने)	3.	चांदनी रात और चश्मा (チャンドニラートオウルチャシマ)
4.	眠い町 (नेमुइ माची)	4.	उनींदा शहर (ウニンダシェヘル)
5.	注文の多い料理店 (चूमोन नो ओइ रयोरितेन)	5.	अनन्त फरमाइशों का भोजनालय (アナントファルマイ

ショカボジナラヤ)

6. どんぐりと山猫 (दोनगुरि तो यामानेको) — 6. बन बिलाव (バンビラウ)

7. 狐の窓 (खित्सुने नो मादो) — लोमड़ी की खिड़की (ロムリーキキルキー)

नाक बनी मुसीबत

शिगा नाओया, आकुतागावा रयूनोसुके, आरिशिमा ताकेओ, मात्सुतानी मियोको

ナクバニムシーバト

志賀直哉,
芥川龍之介, 有島武郎, 松谷みよこ

1. 小僧の神様 (कोज़ो नो कामीसामा) — 1. नन्हे का भगवान (ナンヘカバグワン)

2. 城の崎にて (किनोसाकी निते) — 2. किनोसाकी से (キノサキーセ)

3. 鼻 (हाना) — 3. नाक बनी मुसीबत (ナクバニムシーバト)

4. 一房の葡萄 (हितोफुसा नो बुदो) — 4. अंगूर का एक गुच्छा (アングールカエクグッチャ)

5. 黒猫四代 (कुरोनेको योन्दाइ) — 5. एक और काली बिल्ली (エクオウルカリービッリー)

मृतात्मा का गीत

आबे कोबो, साता इनेको, हायाशी फुमिको

ミリッタトマカギート

安部公房, 佐多稲子, 林富美子

1. キャラメル工場から (क्यारामेरु कोजो कारा) — 1. कैरैमल कारखाने से (ケレマルカールカーネセー)

2.	死んだ娘が歌った शिन्दा मुसुमे गा उताता)	2.	मृतात्मा का गीत (ミリッタトマカギート)
3.	ふうきんと魚の町 (फूकिन तो उओ नो माची)	3.	अकार्डियन (アコルディヤン)

हथेली-भर कहानियां

कावाबाता यासुनारी *

ハテリーバールカハニヤン

川端康成

1.	秋の雨 (आकी नो आमे)	1.	पतझड़ की बारिश (パトジャルキバリシュ)
2.	さざん花 (साज़ान्का)	2.	पुनर्जन्म (プナルジャンム)
3.	有難う (आरीगातो)	3.	धन्यवाद (ダニヤバード)
4.	日向 (हिनाता)	4.	धूप (ドゥープ)
5.	不死 (फुशी)	5.	अमर (アマル)
6.	母の眼 (हाहा नो मे)	6.	दृष्टि (ディリシティー)
7.	玉台 (तामादाइ)	7.	बिलियर्ड्स (ビリヤード)
8.	雀の媒酌 (सुज़ुमे नो बाइशाकू)	8.	बिचौलिया (ビチョリヤ)
9.	夏の靴 (नात्सु नो कुत्सु)	9.	जूते (ジューテ)
10	歴史 (रेकिशि)	10.	इतिहास (イティハス)
11.	胡子盗人	11.	चोर

(गुमी नुसुबितो)	(チョール)
12. 夜天の微笑 (यातेन नो बिशो)	12. मुसकान (ムスカン)
13. 雨傘 (आमागासा)	13. छाता (チャター)
14. 顔 (काओ)	14. चेहरा (チェヘラ)
15. 喧嘩 (केन्का)	15. झगड़े (ジャグレ)

* संकलन व सम्पादन: डा॰ उनीता सच्चिदानन्द

जापानी साहित्य दर्शन : मेइजी से शोवा तक

日本文学の旅: 明治から昭和まで

राशोमोन एवं अन्य कहानियाँ : आकुतागावा रयूनोसुके

ラショモンエワムアンヤカハニヤン

芥川龍之介

1. 羅生門 (राशोमोन)	1. राशोमोन (ラショモン)
2. 蜜柑 (मिकान)	2. संतरे (サンタレ)
3. 蜘蛛の糸 (कुमो नो इतो)	3. मकड़ी के जाल का एक तार (マカリケジャルカエクタール)
4. 杜子春 (तोशिशुन)	4. तोशिशुन (トシシュン)
5. 白 (शिरो)	5. शिरो (シロ)

सानशोदायु : मोरी ओगाई
サンショウダユ: 森 鴎外

1.	山 सानशोदायु	1.	सानशोदायु (サンショウダユ)
2.	高瀬舟 (ताकासेबुने)	2.	अंधेरे में एक नाव चलती थी (アンデレメエクナウチャルティーティー)
3.	最後の一句 (साइगो नो इक्कु)	3.	आखिरी पंक्ति (アキリパンクティ)

बिन कान का होइची
कोइज़ुमी याकुमो
ビンカンカホイチ
小泉八雲

1.	耳なし芳一のはなし (मिमिनाशि होइची नो हानाशी)	1.	बिन कान का होइची (ビンカンカホイチ)
2.	雪おんな (युकि ओन्ना)	2.	बर्फ़ सुन्दरी (バルフスンダリー)
3.	ものを言うふとん (मोनो ओ इउ फुतोन)	3.	बच्चों की रज़ाई (バッチョンーキラシャーイ)
4.	宝石の涙 (होसेकी नो नामिदा)	4.	आंसू बने मोती (アンスーバネモティー)
5.	みずな (मिज़ुना)	5.	कुनीज़ाका की ढलान (クニザカキダラン)
6.	かたい約束 (काताइ याकुसोकु)	6.	सोएमोन भूला नहीं (ソエモンブーラナヒン)